AF582866

La espalda de la Libertad

Eduardo Rosenzvaig

La Papa | Libros Tucumán

Rosenzvaig, Eduardo
La espalda de la Libertad / Eduardo Rosenzvaig
2da ed. - Libros Tucumán Ediciones y Editorial La Papa, 2023.
124 p. ; 21 x 14 cm

ISBN 978-987-48898-4-3

1. Novelas Históricas. 2. Biografías. 3. Valores Morales.
CDD A863

1° Edición: Universidad Nacional de Tucumán, 1993
2° Edición: Libros Tucumán Ediciones y Editorial La Papa, 2023.

Fotografías con Dron de tapa y contratapa: Federico Lutz

I

Ese atardecer, las discusiones en el salón del gran Club Social, pasaban de mesa a mesa como bajo el efecto de la bola de billar. Lucas pidió un ajenjo Cusenier, en tanto sus amigos polemizaban en voz alta. El problema era una mujer, o dicho con mayor precisión, el mármol de una mujer.

Lucas prefería no intervenir. El diario "El Orden" del 11 de junio de este año de 1904, anunció que las esculturas acababan de llegar a la estación del Ferrocarril. A unos pocos días, una mujer menuda de pelo corto, bajaba rápidamente del tren asediada por dos periodistas. Era la escultora, la comprovinciana consagrada en Italia. Pero ella pasó delante de los reporteros, y con una sonrisa afable les pidió que informaran que disponía de poco tiempo para trabajar. A quienes quisiesen saludarla, "sólo le sería posible recibirlos desde las cinco de la tarde en adelante, porque los saludos y visitas le hacían perder mucho tiempo". Así apareció en el vespertino, y a las ocho de la noche los azucareros del Club ya discutían sobre arte. O quizás sobre urbanismo. No se sabía muy bien, pero lo cierto es que el problema resultó sorpresivamente grave y se iniciaron los debates políticos que durarían meses.

Lucas observaba la excitación de los propietarios de ingenio, la mayoría senadores y diputados electos por el pueblo, y la minoría que aguardaba su turno de relevo en la próxima elección. En la mesa contigua, uno de ellos pidió un Tokay Kola, que afirmaba ser un "vino tónico reconstituyente". El grupo profirió una risotada y Lucas alcanzó a oír a otro decir que prefería un antimalárico, e incluso una buena purga, a ese brebaje de señoras. A propósito, se conversó unos segundos sobre la malaria que hacía estragos entre las peonadas de la campaña, pero de inmediato se volvió al tema central.

La estatua de la Libertad, encomendada por el gobierno del presidente Julio Argentino Roca, debía ser colocada frente a la Casa donde se juró la Independencia. Pero la escultora, que traía la obra a la provincia desde Italia, se adelantó a conferenciar en Buenos Aires con ministros y secretarios para que se cambiara el sitio elegido.

—Se extralimitó —pronunció acalorado un fabricante en la mesa de Lucas—, no tiene facultades para decidir por el pueblo.

—Piense usted como arquitecto —dijo amablemente Lucas—. Una callecita angosta, una casona colonial baja, y luego casi tapándola està gran estatua de mármol. Nadie podrá ver ni la estatua, ni nuestra Casa.

Un diputado amigo de Lucas se acarició el bigote y argumentó que debían respetarse las sugerencias de los artistas. Sólo que la vanidad y la arrogancia

—agregó—, eran dos malformaciones del genio que él no toleraba. Dijo algo como que la vanidad herida es la madre de todas las tragedias. Y un sobrecogimiento corrió por la piel del pequeño grupo de oyentes.

Lucas comprendió que ella debía haber obviado esa declaración poco elegante a la prensa, por varias razones. Primero, porque los que intentarían visitarla —aparte de los familiares— eran sólo curiosos que lo harían con un cierto resquemor, y hasta vergüenza. Segundo, porque era la primera vez que una mujer hacía una declaración a la prensa provinciana. Tercero, es que la mujer debía ser humilde. Sin embargo, todos esperaban ansiosos a "nuestra tucumana que triunfó en la corte italiana". Y esto por una causa que a Lucas le parecía muy sencilla: dejar de ser aldeanos era mirar a Europa, es decir a la cultura. En ello debía figurar, desde luego, la aceptación de todas las nuevas ideas y costumbres allí aparecidas, como signo que confirmaría, la legalidad y el providencialismo de los nuevos ricos del azúcar. Lucas concluía así, que las razones de su amigo para la crítica a esa mujer, habían dejado de tener sentido en esta nueva sociedad provinciana que se construía al modelo europeo.

Pero contra toda lógica, la discusión recomenzó. En la mesa de al lado, el partido oficialista hizo silencio para oír si la mesa de Lucas discutía también lo mismo. Ahora el gobierno nacional tenía que expedirse sobre el pedido de cambio de ubicación de la

Libertad. De allí que no fuese fácil para conservadores oficiales y conservadores opositores provinciales, tomar posición de antemano contra o a favor del cambio. En principio los oficialistas contaban con que el gobierno nacional del General Roca aprobaría el pedido y se volvieron por lo mismo "urbanistas". Respetuosos del mandato arquitectónico emitido por la artista. La oposición por su parte, con el programa de que la Libertad debía mirar al portal de la Casa de la Independencia, es decir hacia la entrada de la historia de la patria, se autodesignaron como los "históricos".

Sin embargo, la división no era taxativa y Lucas no alcanzaba a comprender por qué. En ambos partidos, de golpe había aparecido la oposición a la estatua como un síndrome progresivo. En el propio partido de los "urbanistas", ganaban territorio los "históricos".

Lucas oía interesado las razones de una mesa "histórica" próxima, donde la excitación tenía una forma más acabada. Sobre el mantel de hilo había una botella de ron añejo, rodeada de copitas de cristal azul. El maitre cada tanto se acercaba y cambiaba una jarra de plata vacía por otra llena de agua fresca.

—¡Sería lo mismo que colocar un símbolo de la libertad no frente al cabildo de Buenos Aires, sino en una dársena del puerto! La Libertad tiene que estar, señores, frente a la Casa que nos dio vida, que nos permitió ser libres y ahora gozar de esta libertad. La gente tiene que chocar con la Libertad antes de penetrar las paredes de ese templo. Tiene que entrar mareada por el golpe, de lo contrario la libertad se vuelve intrascendente...

El vozarrón del orador era potente y grave. Casi todo el salón hizo un indisimulado silencio para escucharlo.

—Un hombre golpeado por la libertad se vuelve prisionero de ella. ¿Cuántos hombres simples e ignorantes tenemos en nuestra provincia que no saben que existe la libertad? Piensen señores —proclamó mientras alzaba una copita con el líquido dorado— debemos golpearlos contra esa estatua para que aprendan la lección. Sólo con un frentazo certero dejarán de ser ignorantes. Reflexionen; el futuro indefinido es el puente que une a esa estatua con el portal de la Casa...

Lucas pidió otro ajenjo y pensó en la artista. Ella era parte de su vida, y de pronto ella había descendido del vagón dormitorio del ferrocarril y lo que él creía definitivamente consumido, se transformó en una llamarada, en un incendio descomunal, como cuando se quema una montaña. Ahora necesitaba escribir a esa mujer y decirle sólo que allí estaba él esperándola, y que ya no podría respirar sin ella. Se apartó de las mesas, y se sentó en un enorme sillón de cuero negro, frente a la barra cubierta de cristales y botellas. Puso la copa sobre una mesita, y en la primera página en blanco de un libro de Nietzsche que estaba leyendo, escribió con un lápiz rojo de punta muy fina:

Querida Lola:

Ahora entiendo que fue un error dejarte ir sola a Italia. Tengo un ingenio, una familia, pero estoy vacío. Cuando los diarios informaron de tu llegada, fue como un fogonazo. Comprendí que tenía un secreto que me destrozaba como un cáncer, me consumía. Y ahora lo arrojo al suelo, a la luz, a tus pies, al sol, para separar por fin la mentira de la verdad. Que te amo. Que te sigo amando. Lucas.

Cortó la hoja del libro y la ensobró. Salió a la calle y pidió a su cochero que dejase el vehículo, fuese al hotel a pie; y entregara el sobre a la señorita Mora. Le pidió máxima discreción, y Lucas sabía que no era necesario repetir más de una vez una recomendación a su gente.

Cuando Lucas retornó a la mesa, el orador del vozarrón todavía continuaba, sin que el auditorio por supuesto le prestara la menor atención.

—...deben ser cautivos de la libertad.

Fueron sus últimas palabras antes que el problema girara hacia la filología. Si la palabra libertad fuese de género masculino, debía ser representada sin duda por un hombre. Se cuestionaba que una mujer fuese la libertad.

—¡Qué tiene usted contra la mujer, senador! —pronunció alguien.

—¡Contra la mía nada! —hubo risas y este orador "histórico" parecía reemplazar al anterior sólo que con mayor contundencia—. No soy machista, y por supuesto que tampoco feminista... —hubo un parcial risoteo después que el orador guiñara el ojo a la mesa— ...pero la libertad debió ser una palabra neutra, para representarse con un símbolo neutro, y que ni Adán ni sus Evas puedan enfadarse. Debe ser una abstracción más allá de todos, un valor no natural, supremo, como Dios, que ni es hombre ni es mujer. Ahora bien, el problema vuelve a sus raíces, ¿por qué debemos continuar el equívoco de una lengua mediante las representaciones artísticas?

—¿Pero acaso Miguel Ángel no representó a Dios con barba en la Capilla Sixtina? Las mujeres no tienen barba, salvo en los espectáculos de feria —interrumpió Lucas acercándose a la mesa de los "históricos". Hubo un silencio incómodo que Lucas saboreó como una derrota sorpresiva de la oposición.

—Si la lengua se equivoca, ¿por qué no Miguel Ángel? querido Lucas —preguntó el otro.

—Es posible, pero la Iglesia en ese caso dejó la pintura tal como está, no se pronunció en contra. Y ella jamás teme juzgar cuando se trata de un problema de ortodoxia.

—¿Usted acaso insinúa que para la Iglesia Católica Dios es masculino? —el tono del interlocutor era desafiante.

—No me malinterprete, pero convengamos que un Papa, la persona más cercana a Dios en la tierra, no puede ser mujer.

Todo el salón estaba ahora en completo silencio, esperando cuál de los dos dialécticos triunfaría. Estaba en juego el orgullo de los "urbanistas" contra el de los "históricos".

—Usted vio la estatua —dijo el senador con una calma de gran orador romano—. El populacho desfilará ante ella para tratar de verle los pechos que se transparentan bajo la ropa.

—Yo no me había fijado en eso senador...

Hubo risas y hasta un pequeño aplauso en una mesa de "urbanistas".

—¿Qué clase de hombre es usted querido Lucas, que cuando ve a una mujer no la ve como mujer, es decir por donde se descubre que es una mujer?

El silencio fue apabullante. Lucas se dio cuenta que todos esperaban que él avance dos pasos y con su guante golpee a la cara del senador. El duelo era inevitable. Pero Lucas se sintió sin fuerzas, una angustia creciente desde la llegada de aquel tren, lo iba inmovilizando, como si le cortara uno a uno los nervios y los músculos. Contestó con esfuerzo.

—Para mí un mármol no es una mujer. Yo sólo vi los dos pedazos de cadenas que el símbolo —no quiso decir la palabra mujer— acaba de romper con sus fuertes brazos. No hay que temer al pueblo querido senador, ni subestimarlo, a veces ellos ven cosas que nosotros no podemos...

Las conversaciones en las mesas continuaron, y los mozos no hacían más que llenar las copas. Se oía también el ruido de las mesas de dominó que habían recomenzado el juego. Lucas hubiera querido decir que quizá la palabra libertad llegase desde alguna época lejana donde la mujer habría tenido más derechos, pero se calló; se dio cuenta de que había perdido en forma vergonzante. Los "urbanistas" ahora preferían no mirarlo. Sintió como si un tensor de su virilidad se hubiese aflojado públicamente. Pero amaba a esa mujer.

II

—¡Es un atropello a la autonomía provincial! ¡Es el despotismo portuario!

Hasta el oficialismo se sentía agraviado. Esa tarde en el Club, el gobernador Córdoba prefirió no hablar. Es que el 22 de junio llegó el telegrama del Poder Ejecutivo Nacional aceptando el pedido de la artista en el cambio de ubicación de la Libertad, para otorgarle el máximo sitio, esto es, el centro de la Plaza principal. Ahora el frente de los opositores "históricos" tenía entre sus manos el más conmovedor de los argumentos, la defensa del federalismo. El gobierno central había decidido "per se" sobre una cuestión tan íntima de la provincia como la propia ropa: el centro de la plaza. El partido "urbanista" estaba aturdido, estupefacto. Hasta Lucas comprendió que el problema se agravaba aceleradamente. Es que además, en el centro de la plaza estaba la estatua del general Manuel Belgrano desde hacía veinte años.

—¡Vamos a desalojar acaso al creador de la bandera! —la voz del senador volvió a repicar en el salón como una gran campana de catedral—. Un general por una desconocida, no se vio en ninguna república constitucional del orbe...

—La Libertad es libre de elegir su sitio.

Las palabras fueron pronunciadas por el presidente de la Corte de Justicia, a las siete de la tarde, en medio de una inmensa humareda. Lo escucharon todas las mesas. Pareció un dictamen inapelable, y la voz tenía una gravedad singular. Sin embargo, nadie alcanzó a comprender qué posición era esa, es decir, si el juez estaba con los "urbanistas" o con los "históricos". Un correligionario de Lucas le musitó en el oído: "Es un fallo equidistante. La justicia está más allá de los avatares humanos". Lucas interpretó que el nuevo sitio de la plaza podía ser como no podía ser. Podía también leerse como: "Hay que empujar a la Libertad para que sea libre de elegir el sitio que le fijemos". A todas luces hubo una soterrada confusión en el salón, y más de uno prefirió pasar por alto la sentencia y echarse una copa de alcohol a la garganta, porque inmediatamente sonaron las copas contra las mesas.

Pero un joven abogado, a la sazón concejal de la ciudad por el partido opositor, curiosamente terció en la defensa de la estatua. Nadie lo esperaba.

—La Libertad es más grande que todos los redentores.

Lucas presintió que ese joven tenía celos, que ansiaba con seguridad el sillón del gran juez.

—Suena a ácrata querido doctor —respondió el juez. Entonces el joven abogado se percató de que había ido demasiado lejos, y retrocedió ordenadamente con un ¡Viva la Justicia!, a lo que los más viejos políticos contestaron con otros vivas casi simultáneos, entre risas y algunas copas levantadas. Pero Lucas no recibía respuesta. Esa mujer no le contestaba, y él ahora casi no dormía. Tomaba inútilmente unas pastillas recetadas por el médico parisino de la familia de su esposa.

Lucas sabía que la polémica en torno de sacar o no a Belgrano del centro de la plaza, podía terminar en una revuelta armada, que decidiese por fin qué grupo se quedaría con los recursos provinciales que necesitaba la joven industria azucarera. Pero entonces sucedió lo inimaginable, lo inesperado. Once días antes del telegrama de marras, el diario titulaba "Fenómeno nuevo. La huelga de los ingenios". Había llegado un socialista de Buenos Aires, Adrián Patroni; organizó algunos centros socialistas en las campañas, recibió el trato cordial del conservadorismo opositor, y no hizo falta mucho más para que las peonadas se negaran a trabajar en plena zafra, aduciendo que el mismo peso de jornal durante más de un cuarto de siglo, ya no podía soportarse. Todos los días Lucas vio a sus amigos y enemigos correr de un lado a otro, y casi no concurrir al Club. El mismo, debió llegar con un piquete de bomberos armados a su ingenio. La primera vez que sucedía, una huelga de los obreros del azúcar.

Las discusiones sobre la libertad quedaron en un segundo plano. Los "históricos" que aún peleaban, ya sin auditorio, observaron que en las actuales circunstancias era muy difícil un triunfo total. Propusieron entonces, después de un debate interno, que Belgrano se quedase en la plaza pero en otro sitio. El argumento fue armado de la siguiente forma: mover el caballo de Belgrano —no se hablaba del prócer— para dejar paso a la libertad; el caballo abría la senda, y atrás, por la estela dejada caminaba la Libertad. La artista les contestó en carta, que aceptaba la sugerencia, pudiendo llevarse a Belgrano al lugar del antiguo kiosko de la plaza. Fue suficiente para que el partido de los "históricos" respondiera que la movilidad del prócer no era negociable, cuando de lo que se trataba era de transformarlo en un kioskero. La artista, confundida, propuso entonces el atrio de la Iglesia de la Merced, donde la Virgen guarda el sable del prócer. Pero el exiguo partido de los "urbanistas" que aún permanecía fiel a los ideales, pensó que al salir la Virgen los "24 de Setiembre", ella se chocaría con las ancas del caballo, la procesión tendría que doblarse toda para rodear una estatua, lo que podía ser entendido como un doblez de la religión. Era imposible. Los escasos "urbanistas" parecían llegar a una tregua con los escasos "históricos". Pero la huelga se difundía por todos los ingenios; los cuerpos de línea, bomberos y policías eran insuficientes. Los "urbanistas" e "históricos" finalmente se disolvieron. El gobierno provincial, a su turno, estaba seguro de que la huelga era obra de los ingenios opositores y planificaba un escarmiento contra la oposición. Primero reprimió donde pudo y como pudo a los obreros, después envió a Belgrano a las afueras de la ciudad, al sitio donde él había dirigido a los patriotas en la batalla de Tucumán, pero donde sólo se alzaban unos cuantos rancheríos. Ni centro ni costado de la plaza ni frente de la iglesia, el oficialismo estampó un brutal y vengativo suburbio bajo las vestiduras formales del sitio alegórico de la batalla. La oposición se dio cuenta de que había ido muy lejos permitiendo una huelga que ahora la alcanzaba a ella misma, y se calló el castigo a Belgrano. Estaba segura de que con el exilio del caballo —no pronunciaba la palabra del prócer—, pagaba con creces su esta vez excesivo celo opositor.

Lucas parecía contento. La huelga evitó, con todo, la revuelta armada por el poder, en la que él debía haber intervenido necesariamente con sus peonadas, so pena de quedar aislado, y en la que la artista quedaría irremediablemente en medio de las trincheras enemigas, recibiendo disparos de unos y otros. La crisis del azúcar hubiera encontrado en su estatua un chivo expiatorio, o un detonante o un culpable del desastre. Como cuando se justifica una guerra por el asesinato de algún archiduque o un militar. Pero ella no le contestó. Lucas estaba ahora solo en el gran salón del Club. Los azucareros seguían tras la huelga. Pidió un ron y escribió en una hoja de arroz muy blanca:

Querida Lola:

Sé porque no me respondes. Me dijiste "vamos" y me quedé callado. Me dijiste "mañana te llenarás de más silencios", entonces me atreví a decírtelo: "Podría amarte infinitamente más, si no fueras tan altiva". Te observé mientras abrías ese paraguas blanco y cruzabas la calle cubierta de barro. No esquivaste un solo charco. Me di cuenta de que llorabas o algo así de espaldas a mí y caminabas a ciegas. Tú no entiendes. Entonces pensaba como todos: las proposiciones son de los hombres; una mujer que propone la sigan, es demasiado soberbia o una cualquiera. Entonces yo rumiaba algo parecido a lo primero, y todos —tú sabes—, que te veían tomando clases gratuitas con un pintor italiano debían pensar lo segundo. Ya no pienso. Ahora sólo te amo y estoy dispuesto a seguirte. No dejaría que vuelvas a pisar los charcos, ni dejaría que vuelvas a llorar. Lucas.

III

La tarde era helada y caía una llovizna similar a la nieve. Las cañas se estaban helando, pero Lucas parecía estar más allá de ello. Su mujer acababa de salir a la reunión plenaria de la Sociedad Protectora de Animales. Él había empezado a ir menos al Club. Ahora, por las tardes, se sentaba durante largas horas junto a una ventana de la casona familiar. Miraba a don Agustina, un ciego que tocaba el arpa en la vereda de enfrente. Tocaba melodías tristes y Lucas ponía la mano bajo su barba y quedaba así apoyado largas horas escuchando.

Sabía por los comentarios de su esposa, que ella estaba ahora en el centro de la plaza, rodeada de hombres italianos, colocando sobre un pedestal de diez metros a la Libertad. Su mujer comentaba con otra amiga, que ella usaba pantalones de hombre, y allí estaba encaramada en la punta de una escalera de dos aguas, es decir en una posición indecente, indecorosa, antihigiénica por excelencia. Los ayudantes cantaban coplas en su lengua extranjera y ella, cubierta de polvo, desde aquella posición antirreligiosa les gritaba enojada por alguna piedra mal colocada. "Parece un hombre" fue el comentario de la amiga de su esposa. La Sociedad Protectora de Animales discutía en el plenario el tema caratulado en el acta como "La Libertad no puede matar la sonrisa de los niños". Lucas ya sabía los fundamentos. Se rió ante su mujer tan fuerte cuando los escuchó, que ella quedó pálida y dudó en ir a la reunión. Pero él le dijo que fuera. Necesitaba estar solo. Las palomas de la plaza se posaban en las ancas del caballo y en los hombros de Belgrano. La Libertad era en cambio demasiado delgada, un filo, casi sin superficie para que las palomas apoyaran sus patitas. La Libertad condenaba a los indefensos animalitos a la emigración, y en consecuencia a la tristeza de los niños. No habría más miguitas, se mataba lo más puro, la risa infantil...

Lucas miraba por la ventana al vacío. Tenía sobre sus piernas "El Orden". El azucarero Carlos Rougués del Ingenio Santa Rosa, había mandado una carta negando al sindicalista de Buenos Aires su ofrecimiento para mediar en la huelga.

Soy mayor de edad, y no necesito tutores que intervengan en la dirección de mis negocios. En cuanto al personal que trabaja bajo mis órdenes, es más feliz que yo.

Lucas miraba caer la lluvia y pensaba que ahora volverían a tomar todos el tema de la libertad, aunque quizá sin referirse expresamente a la estatua. ¿Qué significaba "bajo mis órdenes"? ¿qué los hombres del azucarero mayor de edad y sin tutores, es decir libre, no lo eran sin embargo como éste? Lucas podría escribirle una carta polémica. "Ya ve Ud., la libertad es la propiedad". El otro contestaría en el mismo diario: "Justo, soy dueño de mi ingenio, y ellos de su trabajo.

Todos somos propietarios, sólo que ellos más felices. No tienen nada que perder". "Entonces son libres de, llegado el caso, no querer venderle su propiedad". "Sí, pero siempre y cuando no afecten la mía, porque ello es como afectar mi libertad". Lucas volvería a caer derrotado. Podría quizá contestar: "¡Pero es que ellos también necesitan proteger su propiedad!". "Tanto como la mía, si no protegen mi libertad no tendrán qué comer mañana". La libertad era directamente proporcional a la importancia de la propiedad. Eso era lo verdaderamente democrático. De lo contrario sería el caos. Por un momento Lucas se vio a sí mismo trabajando en la sabalera de su ingenio, negro de hollín. Un espasmo le recorrió la espalda. No estaría escribiéndole a ella, porque ni siquiera hubiera podido conocerla. Estaría en otro mundo, lejos del arte, lejos de su estatua. Pudo haber tenido un remordimiento feroz cuando los bomberos golpearon con las culatas de sus máuseres las cabezas de sus peones en huelga. Pero se apartó de toda penitencia, pensando que si no conservaba su gran propiedad, su gran libertad, no podría haber estado jamás cerca de ella, no podría sencillamente seguir estándolo, no podría amarla. Encendió un cigarro y echó la cabeza hacia atrás. La vida era así y él no había escrito sus reglas.

Su cochero detuvo los caballos, bajó y golpeó el portón de su casa. El hombre se había acercado por curiosidad al centro de la plaza, la artista lo reconoció y le entregó una carta. Lucas volvió a sentarse frente a la ventana y abrió el sobre con extrema lentitud. Por su cabeza circulaban años, épocas vacías y llenas, como barcos veleros en un mar ya tranquilo, ya tormentoso. La última carta de Lucas fue escrita mirando al arpista ciego tras la ventana.

Querida Lola:

Pudimos ser felices. Sólo hubiese hecho falta que fueses un poco menos libre. Con sólo un poco, te hubieras quedado a mi lado. Pero ni tú pudiste abandonar los mármoles, ni yo me animé con el ingenio. Ahora pienso que fue todo un error. Yo debí haber saltado. Todavía puedo hacerlo, y no hago sino juntar fuerzas. Creo que a pesar de todo, no es tarde.

Lucas vio que la carta estaba escrita en un papel ordinario.

Querido, los dos sabemos que es tarde. Dolores.

Se encerró en el escritorio, encendió un farol y tomó una larga copa de cognac. Alzó la pluma y en un papel brillante escribió:

Querida:

Esperé como enloquecido una larga respuesta tuya y me envías estas dos secas líneas. No parecen de una artista. Esperaba quizá algo más sensible. Esperaba una palabra tuya para dejar esta monotonía. Cada mañana me levanto y cuando pienso que estás aquí cerca a cien metros en el centro de la plaza, vuelvo a ser un árbol que echa brotes con la primavera. Sigo esperándote. Lucas.

IV

Cruzó frente a las vidrieras de la tienda "La Ciudad de Chicago" y leyó un anuncio: "Verdaderos granos de salud del Dr. Franck. Contra el estreñimiento". ¿Para qué todo esto?, pensó. ¿Por qué todo no era más sencillo, un hombre tiene un amor y lo comparte? ¿Por qué deambulaba como un ciego o como un loco, sin saber exactamente a dónde ir? ¿A dónde ir? Hacía dos años, a comienzos de noviembre, Lucas tenía todavía una perspectiva clara. Salió esa tarde calurosa con su ropa sport blanca y su sombrero panamá. Estaba contento. Desafiaría al andarín Gianserra, que había sacado un aviso en el diario: "Se encuentra entre nosotros el andarín Nicolás Gianserra, que desafía, en resistencia y velocidad, a quien quiera correr con él en bicicleta o a caballo". El Club había dejado por un momento de discutir las recientes leyes azucareras. Ellas ordenaban quemar la caña de los agricultores para salvar la superproducción de los ingenios, pero ahora de pronto, todos comentaban el desafío de Lucas al andarín. De hecho, sus amigos, correligionarios y azucareros, esa tarde se reunieron en el descampado donde se libraría la lid. Lucas eligió la bicicleta. Tenía una de madera, importada de Francia, que usaban los corredores en Europa. Tenía entrenamiento y conocía la tecnología del complejo vehículo. Cruzó por la plaza y compró "El Orden". Entonces se enteró que ella había estado ayer en la provincia. Concurrió a la Casa de Gobierno para hablar con el gobernador Córdoba sobre su estatua a Alberdi, encargada por el gobierno hacía algunos años, pero que ella no podía terminar porque no se cumplía el contrato de pago. Entró como una tromba al "palacio del azúcar" y el gobernador se negó a recibirla. Al parecer gritó "¡Quién entonces me puede recibir!" El ministro Jijena la hizo pasar y amablemente le insinuó que él creía que no existía contrato alguno con la artista. Ella esbozó una sonrisa, y agregó: "Entonces alguien ha robado en esta ilustre casa, porque a mí me dieron nueve mil cuatrocientos pesos de los treinta mil que fija el contrato. Alguien ha robado el dinero que ya gasté en mármoles". El ministro quedó helado, pareció retractarse, y esa misma tarde ella volvía a Buenos Aires a continuar su trabajo en la Fuente de las Nereidas, en un taller al aire libre que montara en el Paseo Colón.

Fue un seis de noviembre, Lucas lo recordaba porque era el aniversario de su casamiento, y porque había elegido esa fecha para librar la competencia y librarse de su casa. Llegó con el diario en el bolsillo de la chaqueta blanca y perdió la carrera. El andarín compitió con una bicicleta inglesa de paseo, de multiplicación lentísima. Pero él sentía que perdía fuerzas en las piernas. Su energía se atrincheraba en el suelto del diario. De todos modos, sus amigos festejaron su derrota eufóricos y parlanchines, con muchísimo champagne francés servido en las mesas del Club. Al día siguiente, todos volvían a discutir cómo seguir quemando cañaverales de los otros.

Después Lucas se suscribió a los diarios de Buenos Aires para tener noticias de ella. El año anterior, durante las polémicas en la Biblioteca Sarmiento entre el padre Grotte y el poeta Jaimes Freire, de la que él había sido un activo partícipe, "El Orden" sacó dos informaciones sobre ella. El padre Grotte era director de los círculos obreros católicos en la Argentina, y en una de sus conferencias señaló que la "cuestión social" había nacido de las consecuencias funestas de la Revolución Francesa. A Lucas le pareció horroroso ese ataque, y defendió al poeta que apoyaba los principios del socialismo. Fue el 11 de marzo exactamente. A la salida de una nueva ronda de réplicas y conferencias, se formaron dos manifestaciones que marcharon por las calles. Él conferenció con su amigo, el jefe de policía, para que reprimiera a la primera. Ese día apareció el informe de que ella ganaba el primer premio para levantar la estatua de la Reina Victoria en Australia. Y, más abajo, algo muy extraño: "sorprendieron a un joven elegantemente vestido que, por la noche, practicaba un agujero en el pedestal de la fuente de Lola Mora. Llevaba consigo una bolsa de pólvora".

Entonces tuvo como un sueño, cosa extraña en él, donde vio al primer Klan fundado en Tennessee en un Club Social que ya conocía, con hombres cultos como él, y azucareros vestidos con capuchas blancas junto a sus mujeres de las Damas de Beneficencia y de las Sociedades Protectoras de animales. Todos gritaban alrededor del "Gran Brujo" y de una horca: "Estrangulen a esa negra", y allí estaba ella con las manos atadas. Él se desesperaba por conocer la identidad del "Gran Brujo", mas eso era imposible. Estaba protegido por el Klan. Pero pudo acercarse, arrancarle la máscara, y entonces no vio más que una vieja barba enredada, de pelos gruesos como los de un cepillo de alambre. La ciudad de Pulaski tenía una plaza como la de Tucumán, donde las niñas de la sociedad blanca se paseaban en la vereda Norte, y las de la sociedad negra en la vereda Sur. Había dos partidos, uno republicano y el otro demócrata; él compraba "El Orden" y aparecía una fecha, "1866", año de fundación del Ku Klux Klan y de su adhesión al Partido Demócrata.

Se volvió así una obsesión en Lucas recoger datos sobre ella. Constantemente la veía buscar apoyos, recaudar dinero, sortear trampas, conferenciar con grandes y pequeños políticos. ¿Pero cuál era la razón de intentar volar una fuente? Había cosas que Lucas no comprendía y odiaba los extremismos.

Necesitaba distraerse, tomar aire, ser otro. Pidió a su cochero que lo llevase al "frontón tucumano". Una inmensa multitud se apiñaba en los cercos vecinos. Un aeronauta, el Capitán Silimbani, se lanzaría en su montgolfier. La gente conversaba invariablemente a gritos sobre ascensiones análogas y relatos de dramas dolorosos ocurridos a los aeronautas. Él se vio en el lugar del audaz piloto, sudoroso y agitado dando órdenes a una turba de menores que sostenían el paño del globo. Necesitaba de emociones fuertes para olvidar y volver a ser el de antes. De pronto el montgolfier quedó sujetado sólo por las manos de los que ayudaban a su inflamiento. El silencio se volvió abrumador. "El momento psicológico ha llegado" dijo para sí, pero en voz alta, un senador de rigurosa levita que estaba a su lado. Los que lo rodeaban lo miraron como asintiendo. El capitán Silimbani espetó entonces al público, un patético discurso en su lengua nativa, y finalizó con estremecedores despidos a la concurrencia y a sus amigos. Un muchacho —al parecer italiano— se acercó a Lucas y le entregó una carta. Estallaron los aplausos y el globo con rapidez vertiginosa se elevó despidiendo humo por su ancha boca, levantando largas cuerdas a cuyos extremos iba sujeto un trapecio. El intrépido aeronauta subió por las cuerdas y se colgó del trapecio mirando al suelo. "Es un hombre libre" pensó Lucas. Allí estaba, volando en el firmamento cabeza hacia abajo, es decir parado sobre las nubes. Lucas bajó la cabeza, y abrió el papel. El hombre se sentó luego en el trapecio y arrojó una lluvia de etiquetas y réclames de marcas de cigarrillos. Cuando se inició el descenso, el público emprendió carrera vertiginosa hacia el punto donde el montgolfier debía dar en tierra. Lucas quedó solo; a lo lejos, pequeño, se veía el globo color rojo rodeado de una muchedumbre azulada.

Querido:

Aprendí desde el comienzo en la aldea a defenderme sola. ¿Qué más aprendí? Quizá que la sensibilidad de una mujer en estos tiempos, y quizá en todos, si es de pétalos se seca muy pronto. Una mujer artista tiene primero que aprender a ser hombre. Y comportarse como un caballero, escupir e insultar en voz alta. Debe ser soldado y cavar trincheras. Me acostumbré. A veces me aterra pensar si no habré dejado de ser mujer; a veces amo como para seguir comprobándolo. Ya no soy la muchachita que conociste. Estoy como endurecida desde el vientre hacia arriba, y los últimos recortes de sensibilidad los guardo para las piedras. En tu carta hay una amarga razón. Otras veces pienso que ya ni soy una artista, o pierdo la condición en la medida creciente de las peleas. Me han convertido en un troglodita armado de un hacha de piedra. Y no tengo otra salida más que la de afilar el hacha. No lo entiendo, tan pronto me llevan a las nubes, como me tiran hacia abajo de una pedrada para volver un momento después a coronarme. No lo entiendo, pero es así. Tuya en todos los barcos a vapor con tres chimeneas verdes y un ancla amarilla. Dolores.

P.D. Tampoco sé cuanto me queda todavía por pelear, pero intuyo que va para largo. En los momentos que caigo me asombra reconocer reservas, alientos largos venidos como de una gran fragua. Quiéreme siempre.

Querida:

Necesito verte. Un instante. Sólo uno. Lucas.

Querido:

Todavía no es posible. Si alguien nos viera, recordaría tu juventud y la mía. Tengo ya bastantes problemas y tú los conoces. Necesito sin embargo tus favores. Creo que se acerca una andanada contra la Libertad. Pero por ahora atacan a los otros monumentos en los que estoy trabajando, el de Alberdi y los frisos. Una joven, "La República", le extiende a Alberdi una pluma para que firme Las Bases. *A la izquierda el genio del Saber sostiene el libro* El Crimen de la Guerra. *Bueno, me observan el porqué del genio del Saber ubicado a la izquierda. Me daba lo mismo, pero ya está emplazado. Después se entretienen en atacar el bronce de la jura de la Independencia: que en el salón no había tantas puertas y ventanas, que la ropa no es de época, ni los cortinados fueron tan lujosos, líneas de perspectiva exageradas, algunos movimientos de piernas forzadas, etcétera, etcétera. Nada del argumento, de las emociones, de que son los bajorrelieves más grandes creados hasta ahora.*

No importa. Pero necesito que las críticas sigan sobre ellos, para poder acabar con mi Libertad. Necesito que me ayudes a que en el Club Social no se toque el tema de la libertad. No olvido que jamás pude entrar al Club, pero sí a la Corte italiana. Tuya en todos los horizontes, y en todos los barcos que regresan con el ancla recién pintada. Quiéreme siempre. Dolores.

Lucas miraba pasar los carros por la ventana, los caballos, un automóvil. Tenía que saltar, un día debía saltar y volar hacia ella. Tenía que romper el vidrio de esa ventana.

Querida:

Tienes que seguir así. Desde aquí te entrego mi aliento. Claro que te amo. Lucas.

Querido:

Gracias, pero estoy cansada. Tuya en todos los puertos y en todos los barcos que se van. Dolores.

V

—Hablemos sobre la libertad.

—¿Y por qué no sobre el azúcar? —repuso Lucas como indiferente.

La mesa estaba llena de propietarios, diputados y senadores. La mayoría ex "históricos". Entonces se sentó el francés Clodomiro Hileret. El azucarero más grande de la Argentina saludó amablemente y preguntó en un español afrancesado:

—¿Hablaban de ella?

—Íbamos a empezar a hablar —sonrió alguien.

—No íbamos —se quejó Lucas disgustado, pero disimulando su cara visiblemente enrojecida con el panamá apantallado a manera de abanico.

—Es una hembra valiente —dijo el francés sin escuchar a nadie.

Casi todos quedaron desorientados. Hubo un largo silencio donde se masticaba con desgano la palabra final, y por lo tanto contundente: "valiente". Pero cuando se percataron que la frase incluía la palabra "hembra", todos volvieron a mirarse casi complacidos, y con un aire de mayor seguridad. El gran fabricante les había dejado un puente de escape, un territorio desde el cual volver a empezar con lo mismo pero desde otra dirección. "Hembra" era una escatología moral de naturaleza poco clara, pasible de agregados. Lucas se dio cuenta de que el francés era un político de capacidad sorprendente, de un cinismo tan pulido, que contrastaba en forma brillante con el coro de pedantes y estúpidos que lo rodeaban. La contraluz resultaba fortísima, tanto que su insidia sonaba a beatitud.

Y a pesar de que era lo mejor que hasta el momento se había dicho sobre la artista, Lucas intentó hacer saltar de todos modos el puente que el francés dejaba tendido a los pedantes.

—En ese caso también son hembras nuestras madres, monsieur Hileret.

—Así es.

La respuesta fue inesperada y brutal. Se oyó el choque de copas de cristal acomodadas en la barra.

—El problema es la espalda —dijo uno de la rueda afinándose el bigote, y como para romper la incómoda situación.

—¿Cómo la espalda? —preguntó monsieur Hileret.

—La estatua da la espalda al este, al sol naciente, al sol que adorna la bandera, es decir al nacimiento de la patria. La Libertad da la espalda a la libertad... ¿Curioso no?

Una batahola irrefrenable se creó en la mesa, y se trasladó a las otras que habían detenido sus pláticas para escuchar. El senador que derrotara a Lucas se levantó, llegó hasta la vereda y observó el centro de la plaza. Allí estaba la Libertad rodeada de andamios y lonas. Su autora había dejado el trabajo a la hora de siempre, a media tarde. El senador se acercó a la mesa y todos clavaron la mirada en él.

—Sí, da la espalda al nacimiento de la patria —pronunció mayestático.

VI

Querido:

Mi padre dormía con un puñal bajo la almohada. Ella, mi madre, había tenido un hijo natural, no sé cuándo, y tenía unas piernas bellas, que se abrieron ante un peón del "Dátil" no supe cuándo. Nuestro hermanastro jugaba con nosotros. Entonces mi madre se desnudaba, y se metía en la cama encogida. El pasaba la mano bajo la almohada rozando el puñal: "Hoy no, pero mañana puede ser", repetía. Yo creo haber visto ese puñal desde el vientre de ella. Tenía un mango de plata labrado con ángeles. Unas caritas puras, infantiles, que miraban hacia el filo de la hoja de acero. Lo miraban a él exhausto sobre las nalgas de ella, y a ella aterrada boca abajo mirando el horizonte de la almohada. Yo vi a esos angelitos durante nueve meses. Entonces decidí —creo— *ser mujer. Sí, se puede decir que fue una decisión temprana, tomada en una de las cinco estancias de mi padre en el año de mil ochocientos sesenta y siete, rodeada de cinco mil cabezas de ganado y una selva de lapachos rojos, quebrachos blancos y ríos amarillos. Fue entre los muslos de América, es decir en medio de la tierra a dos mil kilómetros del mar. No sé por qué te cuento esto, pero una vez prometí que te lo diría todo, como si tuvieras una fotografía de mi alma a cada instante. Y porque otra vez tuve pesadillas, y me protegiste con tus brazos fuertes. Pero creo que lo de las pesadillas fue una vez, y lo de los brazos otra. Sólo que yo los uní adrede para tenerte más cerca, dentro mío, en mis sueños, y dormir junto a vos como sobre una almohada.*

¡El mar qué lejos!, pensaba. Tenía cinco años y buscaba el océano en los libros de la gran biblioteca de mi padre, abogado, estanciero, Mora y Araujo, apellido español, gentil, que viene de mi bisabuelo, un soldado desaforado que pasara por Tucumán y su batallón asaltó la toldería de los Lules buscando indias, y uno de sus hombres halló en la tienda del cacique a su hija casi desnuda, y los dos nobles guerreros pelearon por la india que se quedó para siempre en el catre de mi bisabuelo. Me vienen de allí los cortes indios en la cara, la piel de sombra lustrosa, y las canciones que canto cuando martillo las piedras; de allí me viene a veces también una mueca de terror, de angelitos mirando desnudos una hoja de acero y la soledad. La mueca del cacique, la de mi tatarabuelo en medio de los toldos incendiados, y de su hija vuelta de espaldas con las piernas abiertas sobre la tierra. Una mueca de barro y fuego.

Dolores, supe que me llamaría Dolores desde que conociera a los angelitos. ¡Tenía que escapar de todas esas muecas deformes! Tenía que asesinar a esos gestos para ser libre. Lo comprendí desde muy temprano, cuando bajaba por el útero de mi madre y desde afuera me esperaban para tironearme de la cabeza. Querían ayudarme a nacer, decían. Todas las ayudas que recibí desde entonces fueron más o menos iguales. Sólo que me acostumbraron, y cuando las recibo, pongo la lengua de mi bisabuelo soldado cuando abrió el toldo de la hija del cacique. No sé por qué te cuento esto.

A dos mil kilómetros del mar, buscaba en la biblioteca de mi padre un dibujo del océano. Estoy segura de que allí nació la Fuente, en el océano de caobas y nogales salteños de la biblioteca de mi padre. Lo traté dos veces. Yo estaba parada mirando cómo un toro se paraba sobre una vaca, y él me pidió dulcemente que me fuera al río. La segunda vez fue tarde, el murió "de costado" a los cuarenta y ocho años, y ella "de corazón" a los dos días siguientes. No sé. Las dos muertes fueron violentas y sospechosas. Pero no me interesaban los costados de la muerte. Me interesaba mi vida de frente, como una locomotora que avanza y hay una vaca acostada sobre las vías. Me di cuenta de que no me podía interesar por la vaca porque sino no sería una locomotora. Una vaca vale menos que una locomotora, aunque ésta no engendre nada. Miré a un costado, la cabeza vacuna saltaba en el aire; al otro un cuarto trasero volaba hacia las nubes. El cuchillo de los ángeles no estaba bajo la almohada y yo me despertaba de noche empapada, gritando, "¡Estoy sola en el mundo!". ¡Ay! ¡ay! ¡ay! El juicio de sucesión duró diez años. Estaba toda la legión de hermanos, pero también el hijo maldito, el del placer, que quería su parte. Catorce hijos del dolor y uno del placer debían repartirse las estancias. Quince días después de las dos muertes, mi hermana mayor se casó con un ingeniero alemán en la Iglesia Matriz. Hubo peleas, gritos, murmuraciones, pero nosotras, las menores, nos reíamos. Se acababa de descubrir azúcar como el oro en California. Fábricas relucientes en la selva, oro verde, fortunas en pocas horas —tú lo sabes—, e ingenieros extranjeros llegados a atender las máquinas con una alcucina de aceite en una mano como certificado universitario. O sin alcucina, a secas, y nadie preguntaba más porque debían atender a señoritas que soñaban con el amor a secas, pero ellos no habían cruzado el mar para tan poco. Porque también detrás del mar había amor y mujercitas que hablaban la propia lengua. Me despertaba por las noches gritando "¿qué es esto?, ¿qué pasa?". Desde la oración hasta la madrugada gritaba, de día gastaba. Salíamos con mis hermanas bajo el sol blanco, transpiradas, cruzábamos las calles de tierra cubiertas de mulos negros, carros de caña, bueyes tirando de engranajes azules, latigazos, polvo ardiendo y entrábamos en las tiendas a gastar. Sombreros, faldas, rouge, perfumes, medias de emperatrices, ligas perdidas por las novias la noche de bodas, corpiños lavados en agua de rosas bendecida en el Vaticano. ¡Basta! gritó una sola vez el alemán. El casamiento había sido arreglado quince días después de los velatorios, pero qué podía hacer mi hermana mayor frente a jueces, abogados, leyes, firmas, legados... Una mujer podía "coser, bordar y salir a la puerta para ir a jugar". Una noche dejé de gritar. No sé por qué te cuento esto. Era una noche en la que el aire hervía y estaba empapada bajo las sábanas. Me desnudé. Estaba prohibido, pero me miré al espejo de un enorme ropero negro como un ataúd. La piel suave. Vi que tenía dos pechos como de vaca, y gotitas de transpiración que bajaban del ombligo hacia alguna parte, resbalando como por los labios de una serpiente. Cuando me sequé con las manos, y rocé apenas los dedos, reventó un volcán, como si explotara una torta de dulce de leche. Un misterio de chantilly. Una locura extraña, un furor de elefantes ciegos, temblores, lavas verdes, navíos enterrados en un mar de sargazos, campos de arroz, piedras al rescoldo, una escoba barriendo las brasas en un horno de barro, una masa tibia de alfeñiques, crema de leche caliente, ambrosía de veinte huevos recién sacada del horno, el toro en dos patas. No sé por qué te cuento esto. ¿Qué era? ¡Oh Dios, ángeles de plata mirando el filo del acero, padrinos orinando al atardecer, quebrachos rojos erectos sobre la tierra, el "Dátil" sudando bajo la siesta! ¿Qué era esto? ¿La libertad? No. Ninguna monja nos había hablado de la libertad en el Colegio de Nuestra Señora del Huerto. Sí, nos dijeron "Envueltas; bañarse vestidas". Imaginé una estatua roja: una muchacha, una pierna hacia adelante, el busto firme, una sábana mojada retorciéndose entre las piernas, rompe una gran cadena con sus manos. No sé por qué te lo cuento. Tuya en todos los bosques. Quiéreme siempre. Dolores.

VII

El partido de los ex "históricos" pasó a llamarse el partido de la "espalda", es decir la negativa total, absoluta a que la Libertad diera precisamente la espalda al lugar por donde nace el sol. Pero los escasos ex "urbanistas" no podían llamarse a sí mismos como el partido de los "pechos", sin riesgo de ser considerados inmorales o constituirse en el hazmerreír público general. Pasaron a ser el partido de la "antiespalda", o también llamados del "cerro", porque aprobaban a la Libertad mirando hacia el oeste, es decir hacia las montañas, de hondo significado provincial, y finalmente a los Andes, a los que había partido San Martín con su empresa de libertad americana. Los "cerristas" pues, pudieron armar un fundamento de bastante consistencia, los Andes como libertad podían oponerse en forma digna y no rebuscada al sol como libertad. La polémica sacudió rápidamente a toda la ciudad. La discusión llegaba hasta los salones de los propios ingenios. Y Lucas se sentía anonadado, no había podido cumplir con su promesa ante ella, desviar las críticas hacia el "Alberdi" o los bajorrelieves que adornarían la Casa Histórica. Sucedió entonces lo inesperado, los escasos "cerristas" parecieron lograr algunos nuevos adeptos cuando trajeron a las mesas del Club un telegrama directo de San Petersburgo. Para honrar la memoria de Alejandro I, enemigo de Napoleón, el zar había convocado a un concurso internacional para la erección de un gran monumento en la capital. Lucas, sentado a un costado sobre un canapé verde, fumaba un largo habano y escuchaba.

—¿Quién ganó? La señorita Lola Mora. Pero la artista firmó con el seudónimo de Tupac Amaru. El jurado quedó estupefacto: ¡un nombre japonés, un agente de los enemigos japoneses! pensaron...

Hubo una risotada general en el salón, después de lo cual el joven "cerrista" continuó.

—Deben haber llamado a los especialistas, y encontraron que era un indio que se rebeló contra un imperio. ¿Qué les parece? Tuvo que intervenir el ministro Moreno, amigo de la artista, para aclarar la situación que tomó a la luz de la cancillería rusa un viso de provocación diplomática...

—Y le quitaron el premio —interrumpió desde atrás Lucas, casi en un murmullo, como si estuviese hablando consigo mismo.

—¡En efecto, para concedérselo le exigían la nacionalidad rusa! Un burdo artilugio, sabían que no podía aceptar. El problema es ¿por qué firmó como Tupac Amaru?

En el salón hubo murmullos. De hecho todos los de las mesas vecinas se habían levantado para rodear al portador del telegrama. El ambiente estaba cubierto de una gruesa alfombra de humo. Se oyó que alguien pedía queso francés.

—Porque todo artista es básicamente fatuo y afectado, jactancioso e impertinente.

Hablaba el joven Dr. Ernesto Padilla, la lumbrera conservadora que se insinuaba como el aporte más brillante de la joven generación política provinciana.

—Estimado doctor —corrigió Lucas a su espalda— yo creo que ese indio y la libertad se le parecen.

El doctor Padilla no se dio vuelta, y continuó hablando como si no hubiese escuchado una palabra.

—Una libertad no puede tener una espalda desnuda. Esa es una joven atrevida, no una madre. La libertad tiene que ser una madre, porque la maternidad es dulzura, es mansedumbre...

—¡¿Acaso la libertad puede ser mansa?! —Lucas estaba deformado por esa figura impertérrita, de bronce. Ese no era un hombre, era la estatua de un hombre. El joven abogado, seguía hablando tieso, sin darse vuelta.

—A la Patria la defendieron los hombres. La libertad entonces, sólo puede ser la madre de ellos, o una mujer virilizada. ¿Ustedes no querrán eso?

—Por supuesto que no —dijo alguien. Lucas sentía descomponerse. Tomó una copa completa de ajenjo y cuando pensaba volver a hablar, la joven luminaria se alisó cuidadosamente el pelo y prosiguió:

—La libertad no tiene espalda, señores. Tiene un pecho para entregarlo a la patria y para amamantar a los Rómulos y Remos, a los héroes. La espalda es de los que corren, de los traidores. La libertad es como Dios, y Dios no tiene espalda. ¿Quién podría imaginar la creación de espalda? Eso es tanto como dar la espalda a Dios: el ateísmo, el divorcio, el materialismo más abyecto: La libertad tendría que modelarse saliendo de un bloque de cemento, sin espaldas, alcanzando el horizonte por donde nace el sol. Toda espalda está en la línea de la morbosidad. Es la iconografía lúbrica que nos dejó la revolución parisina. No tengo más que decir.

Lucas fue llamado urgente, por su amigo el Director del diario "El Orden", don León Rosenvald. Cada tanto enviaba a la redacción uno que otro artículo sobre cuestiones azucareras, firmado con sus iniciales, es decir bajo un seudónimo. Pero Lucas nunca supo si al director francés le interesaban sus escritos o lo hacía porque su ingenio era un buen cliente del diario. Tampoco a Lucas le interesaba demasiado escribirlos. ¿Entonces por qué lo hacía? ¿Por qué escribía sobre azúcar, convenios y leyes?

Don León tenía en la mano una carta, se la extendió.

Agosto 20 de 1904.

Estimado Sr. León Rosenvald:

...Una leve tunda periodística no le vendría mal a la señorita. Es que una artista debiera antes ser madre. Sólo la maternidad limpia de impurezas y arrogancias. Pero una madre jamás sería artista. Tendría delante una misión más alta, más sagrada, el hijo de su vientre. Afectuosamente suyo. E.P.

—Don León, no le lleve el apunte.

—De acuerdo, quería que lo supieras porque yo sé que el caso te interesa desde hace años...

—Gracias.

—Tú sabes que como viejo y francés, no me chupo el dedo ni soporto a los chabacanos. —El viejo se sonrió y exclamó— ¡pero también necesito que aumentes los avisos de tu fábrica en el diario!

Lucas asintió con el mentón y se fue levantando el bastón por sobre la cabeza a manera de saludo. Pero Rosenvald no le mostró un anónimo llegado a la redacción:

Destruiremos la espalda de la Libertad. Juventud popular patriótica.

De todos modos, anónimos similares llegaron al Palacio del azúcar y a la legislatura y se hicieron públicos. Se formó entonces otra clandestina "Juventud liberal patriótica", que decidió proteger la espalda de la Libertad de un posible atentado. Los niños bien de la noche, los de las fiestas danzantes y programas dobles de cabarets, a su turno formaron una tercera organización "Juventud divino tesoro" mediante un anónimo al diario:

Nos proponemos proteger la Libertad de la cintura para abajo. Y si la señorita Mora lo necesita, también.

Lucas pasó ante el opa de la plaza y le tiró una moneda. El opa sacó una lengua color violeta en gesto de felicidad, adelantó una pierna, sacó el pecho y adoptó la posición de la estatua del centro de la plaza. Sólo que miraba hacia abajo, a la moneda que había caído en el tarro de chapa.

VIII

Su esposa se acercó y le acarició levemente la cabeza como con miedo. Él miraba tras la ventana al ciego que tocaba el arpa. El hombre se levantó, apoyó el instrumento a un costado, y se quedó parado, inmóvil, con los ojos blancos hacia su ventana. Lucas sintió un escalofrío, y bajó la cabeza, como quien no resiste una mirada. Sabía que el otro era ciego, pero no podía levantar la cabeza, como si el músico hubiera de pronto descubierto algo en él, algo que ni Lucas mismo conocía, y que de saberlo lo hubiese endurecido por el pánico. Abrió otra vez la carta y la releyó. Ni siquiera se dio cuenta de que su esposa estaba detrás, y que ella seguía la lectura de la primera página. Después ella dio vuelta y caminó hasta su dormitorio donde se encerró con llave. "No tiene la culpa", pensó él cuando oyó el ruido de la cerradura, "nadie tiene la culpa".

Querido:

Ahora recuerdo la sensualidad del mundo. Era una huérfana que llegaba cantando al estudio de pintura, y volvía cantando. Aún vivía en Tucumán. Era como una música. Una sonata de piano tacada bajo el agua. La luna tenía dos caras, una visible y otra bajo las ropas. Pero lo que yo no sabía es que guardaba la cara oculta de la luna bajo mi ropa. Todavía jugaba a las escondidas con muñecas de porcelana cuando él me llevó despacio. Me acostó sobre un quillango de piel de guanaco en el piso de madera roja. Tenía los brazos delgados y duros como cañas, las piernas negras, y en el centro olor a añil, a quebracho, a hojas de sanantonios. Una barba espigada que me raspaba el vientre. La piel de guanaco se me enredaba entre las piernas. "Es la manta de una india pampa" dijo y me sobresalté. Volvió a recostarme con cuidado, y mi nuca cayó al vacío, a un precipicio delicado, como si estuviese cabeza abajo, parada sobre los hombros de los ángeles. Era horroroso, pero la sensualidad del mundo tenía una condena fija de quince años de pan y agua. ¿Por qué? Tratar de comprenderlo era igualmente criminal. Había roto las jerarquías inescrutables. Ni matrimonio, ni continencia, ni virginidad. En el Colegio de monjas leíamos las diatribas de San Agustín contra... —la palabra no podía repetirse sino unas pocas veces— la sexualidad. En "Las Penitenciales", siete años por ciertas posturas... Yo estaba aterrorizada. Para el santo, todas ellas eran penas más graves que el castigo al homicidio. Hundía la cabeza bajo la almohada y entonces veía el cuchillo con los ángeles. La punta de acero me tocaba la frente y los angelitos, divertidos, se reían. Empecé a sentirme una asesina. Lloraba, no quería que mi vientre agonizara en una celda helada. Veía un tribunal de hombres célibes, continentes y vírgenes condenarme en un juicio sumario: "por tocar con tu espalda desnuda los altos y más sensibles pelos de un quillango..." Cien veces en cada noche. Bajo la almohada, mordía el mango del cuchillo hasta quebrar las alas de los ángeles, y sentir el gusto de la mano de mi padre. Él tenía la palma transpirada, después de haber acariciado la espalda de mi madre mojada por el terror. ¡Papá te extraño! Aunque me hayas hablado sólo dos veces.

Quizá supongas por qué te cuento esto. Eva había cometido el pecado, la Humanidad se perdió y el hijo de Dios debió sacrificarse en la Cruz. Aprendíamos de memoria la letanía cisterciense de Bernardo de Moneas, "Mujer víbora, no ser humano, sino bestia feroz / Mujer pérfida, mujer fétida, mujer infecta...". "El matrimonio sólo se salva", nos dijo la hermana en clase, "porque permite el nacimiento de vírgenes. Así, el estado conyugal, es el grado más bajo en la jerarquía de la perfección". Sobre los cónyuges estaban los continentes. En el extremo más alto los vírgenes. Cuando me desnudé sobre aquellos pelos largos y húmedos del guanaco, sobre los olores de ese hombre vegetal, sentí como una culpa que no era humana, no era animal, no estaba catalogada en el reino de las especies terrestres. Era una culpa sideral que me perforaba la cabeza como un meteorito rojo. El espacio se quebraba en dos. Empecé a dibujar y pintar afiebrada, enloquecida. Entre mis piernas estaba la condena, el quillango, y el gozo inaugural ante el gran espejo del ropero negro como un ataúd. Entre mis piernas estaba Cristo ¡oh Dios! crucificado por mi culpa. El arte era el único camino para escapar de "Las Penitenciales". Los dos sabemos porque te lo cuento.

De todos modos estaba perdida. Dibujé el retrato del gobernador de Salta para que nos ayudara en el pleito por la sucesión. Dibujé a los gobernadores de Tucumán, pero detrás de sus ojos, veía hombres y ellos me miraban como a una mujer, o a una ramera deliciosa, me desnudaban y yo me dejaba desnudar. ¿Por qué ellos se fijaban en mí y no en sus mujeres? ¿Por qué ellas hacían penitencias y yo en cambio acababa de descubrir el secreto más espantoso del mundo, esto es, que la materia es sensible? Allí se me reveló que el mármol tiene calor y vibra con diminutas ondas que sólo unos pocos perciben. El papel canson se estremecía, la carbonilla se deshacía entre los dedos como talco. Dibujaba a los últimos gobernadores del siglo. Casi todos vivían y los dibujaba a mi modo, dominándolos; sacudiéndolos, haciendo que me deseasen, deseándolos. Largos rostros españoles, barbas en punta, hacendados de ojos de niños y bocas asesinas, uniformes militares y barbas chamuscadas, espejuelos, monóculos; antihombres; caras de sorprendidos unos, barbita como pelusa otros, liberales, bellos, sanguijuelas, libertinos, impúdicos; nulidades. Gesto éste de estúpido, modestia parsimoniosa. Me gustó José Posse, sus ojos claros, la gran estructura ósea, la mirada fuerte, los bigotes modernos, esa perilla del "¡sí a los nuevos tiempos!" y este otro, amanerado, tataranieto de hacendados, casi femenino, ahora hombre del azúcar. Me enamoré de un gobernador muerto, José María del Campo. Cura y guerrero. Dormía en su catre de la hacienda del cerro con tres jovencitas indias. Rostro hermoso, frente descomunal, agresividad, locura, deseo rabioso. Me hubiese metido en su cama aun cuando estuviesen las tres indias. Es que con él nos habríamos reído de "Las Penitenciales" hasta dolerme el vientre, como en un trabajo de parto, y pujaría y pujaría hasta ver nacer entre las carcajadas una muñeca de porcelana vestida de organdí. A él le hubiera regalado un aguamanil o una jofaina de plata por sólo besar sus ojos. Y él habría bautizado a la muñeca con el nombre de Libertad. Le besaría en la boca para sentir el gusto de esa palabra en su lengua. Sacaría uno de mis pechos como las vacas, y pondría el pezón en la boca abierta de la muñeca. Después correría como una loca porque las locomotoras no tienen leche.

Había parido a la libertad y no podía amamantarla. No podía ser vaca y locomotora a la vez, el tiempo para eso aún no nos había sido concedido sobre la tierra. Después te conocí sobre el quillango y fui tuya como las vírgenes de cera. Quiéreme siempre. Dolores.

Lucas miró la ventana. Anochecía y el vidrio estaba ligeramente empañado. Se hechó sobre las espaldas un sobretodo y quedó como adormecido, con la cabeza hacia atrás, colgando de la arista del respaldo de una silla. El vidrio se empañó totalmente.

Querido:

Acabo de encontrar entre mis cosas en el baúl, unas esquelas simpáticas de las que prefiero deshacerme. Últimamente empecé a tener la sensación de que es necesario desacumular cosas antes que acumularlas. Me deshago de ellas. Tiro lo que puedo. Las cosas son como anclas, te clavan, te detienen, no te permiten volar. Como tu ingenio por ejemplo. Sin embargo eso tampoco me hace más feliz. ¿Espinoza dijo que la felicidad es una virtud? Yo soy muy poco virtuosa. Cada vez escupo más en público el polvo de las piedras con que se me llena la boca. Tenía veintiséis años cuando lo de las esquelas. A decir verdad, ya no las recordaba, y ahora que te las doy para que las leas y tires a un cesto, dejaré de recordarlas para siempre. Tuya en todas las postales y paseos en bicicletas por las tardes. Quiéreme siempre. Dolores.

Sr. Santiago Faicucci:

De nuestra mayor consideración:

Invitamos a Ud. y a sus alumnos, a participar con obras en la KERMESSE del kiosko de Bellas Artes, en oportunidad de la fiesta del cuarto Centenario del Descubrimiento de América, que a la sazón organizarán las Damas de Beneficiencia de nuestra ilustre provincia. La Presidenta.

...No podemos aceptar la obra de su alumna Dolores Mora. La saluda muy atte. La Presidenta.

...Ya sé que se trata de la ahijada de nuestro ex presidente Nicolás Avellaneda. Pero usted sabe, mi esposo fue claro. Afectuosamente. La Presidenta.

IX

Las organizaciones clandestinas así como aparecieron así se esfumaron, salvo la de "Juventud divino tesoro" que siguió emitiendo algún que otro comunicado anónimo. Lucas observó que el problema de la estatua comenzaba a decaer. Las huelgas se hacían continuas en la ciudad. Los treinta y cinco obreros de la fábrica de alpargatas de Romualdo Ruiz pararon, porque en tres jornadas de doce horas, cada uno de ellos cosía ciento ocho pares de alpargatas y recibía el valor de uno. Lucas estaba de acuerdo con el mejor trato y salario y hubo discusiones muy duras en el Club, que sacaron al auditórium del problema de la libertad. Todos los días había manifestaciones de los empleados de comercio por el descanso dominical. Una vez pasaron con sus trajes ajados y pancartas, y junto a la Libertad cubierta de andamios en el centro de la plaza, depositaron unas flores. Mientras se discutía en el Club, arrojaron volantes: "Trabajamos de quince a dieciséis horas diarias; escasamente descansamos por la noche. ¿No es humanitario que en los siete días de terrible trabajo se nos conceda uno de recreo?". En el Club había consenso general por los empleados, y los más grandes azucareros decidieron emitir una declaración, pero no llegaron a reunirse. Lucas estuvo con ellos. Odiaba a los mercachifles, a los que llamaba los "turcos". No permitiría que exploten a sus dependientes. Por un momento, su antigua pasión cívica pareció renovarse. Volvía a sentir el calor del odio justiciero en su cara y en su frente. Deseos de tomar el revólver del cajón de su escritorio y salir a la calle a impartir justicia. Todo eso; más la huelga de los cocheros a la que él repudió vivamente cuando su chofer, tratado casi como un hijo por la familia, decidió adherir, no lograban sin embargo apartarlo de una idea que ahora lo obsesionaba.

Esa tarde llegó a pie hasta la plaza, sin poder contar con su coche por la huelga. La estatua seguía cubierta de andamios. Tenía que pasar a la mañana siguiente por allí y verla. Llamarla. Ella bajaría de los andamios con una gorra blanca en el pelo y hablarían. El la vería otra vez. ¿Por qué no lo había hecho hasta ahora? Por ella. En la ciudad se diría "se encontraron otra vez". ¿O no lo hacía por él? ¿Tenía miedo? ¿De qué?

Llegó al salón del Club, se sentó y pidió una limonada. El maitre se asombró, pero prefirió callar. Tenía que cambiar, su vida debía empezar a ser distinta. Sólo que necesitaba hacerlo de a poco. Sin grandes estridencia, hasta verse a sí mismo como algo diferente.

—Los empleados de comercio volvieron a llevar un ramo a la Libertad. Observen, quedó lógicamente en su lado oeste, entre el cabildo y la estatua. Las flores aparecen lógicamente como una valla entre el gobierno y la libertad. La ideología ácrata es indudable, está favorecida lógicamente por la orientación.

Lucas hubiera querido espetarle al que hablaba, el más joven de los diputados: "pequeño doctor, usted es una nulidad lógica". Pero dijo con un esfuerzo tremendo para no insultarlo:

—Por favor doctor, no empecemos con lo mismo.

—No empezamos, simplemente no terminamos —terció el Doctor Ernesto Padilla.

Lucas tomó la limonada de un sorbo y pidió un ajenjo. Sabía que si ahora se entrometía el último, las cosas se volverían otra vez difíciles. Él no podría triunfar jamás ante la rapidez de oratoria del Doctor Ernesto. Parecía tener una contestación exacta para cada momento y a flor de boca.

—En el centro de la Plaza tiene que estar el Obispo Colombres, creador del primer ingenio.

—¡Esto es buscar una excusa! —casi gritó Lucas en medio de varias aprobaciones a las palabras del Doctor Ernesto—. Para eso pongamos un monolito egipcio como en París. En la plaza de Potosí hay una réplica de la estatua de la Libertad de Nueva York, a un costado un cisne similar a alguno de las Tullerías. ¿Por qué no una pequeña torre Eiffel como anhelan en la ciudad boliviana de Sucre? Pongamos un arco de triunfo, de los que a usted le gusta Doctor Ernesto. ¡Esto es absurdo!

Se inició una batahola descomunal. El partido de la "espalda" se volvió a reagrupar en ese momento, ganando terreno con la oratoria sólida del Doctor Ernesto; el partido de los "cerros", por lo mismo, se atomizaba. Lucas no entraba en él de lleno, pero cuando desde afuera intentaba apoyarlos, lo hacía siempre perdiendo la calma. No era un buen político. Le parecía que cada intervención suya conducía a una derrota del grupo, al abandono de filas, y tampoco estaba en condiciones de hacerlo mejor. Como diputado jamás intervenía. Una o dos veces había ido a las cámaras, y estaba sólo porque su ingenio tenía que estar representado. Pero lo tenía decidido, para las próximas elecciones haría elegir a su administrador.

En medio del tumulto se oían cosas como "la libertad no existe", "es una gran artista pero no entiende nada de historia". Lucas tomó otro ajenjo mientras uno gritaba: "¡Hay que exigir un hombre, un escultor!". "Una virgen, se necesita una virgen en el centro de la plaza". Hubo una larga risotada en una mesa, y un ex ministro de gruesos bigotes, algo bebido, replicó teatralmente "¡Oh Dios, dónde encontrarla!".

A cada instante el diapasón de lucha se abría desmesuradamente, y Lucas suponía que debíase a la última organización clandestina, que ahora se llamaba "Tesoro, sos divino", y había conseguido —nadie sospechaba cómo—, unas líneas de la artista donde ella se reía visiblemente de todos.

Omito poner ejemplos de grandiosos monumentos que miran al Sol. Hay otra razón, por lo que acá más que en ninguna parte, es adivinada la posición de la estatua, porque colocada frente a frente del Sol y marchando uno y otro hacia las alturas, pueden toparse en el camino produciendo un gran choque. En ese caso, Tucumán se quedaría sin sol y sin libertad.

Lucas pensó que ella había ex profeso alcanzado esas líneas a los payasos. ¿Qué necesidad tenía de ello, por qué no tomaba las cosas más en serio? La organización proclamaba en seguida su autodisolución con esta advertencia: "Si nos quedamos sin sol nos quedamos sin cañas. Hay que aguantarse la espalda si queremos producir azúcar. Por el Comité Central: TESORITO". Lucas sintió como si ella abusara de él. Ponía todo de sí para apoyarla, pero ella se reía.

—¡No hay un solo acto, no habrá un solo acto en mi vida del que me deba arrepentir!

Un viento sorpresivo levantó los cortinados de hilo de las ventanas del salón, y la voz del joven Doctor Ernesto se oyó como de ultratumba, como venida del espacio. Bajo el efecto del aire que arrastró sus palabras, el salón hizo un mortal silencio, como si algo grave estuviese por ocurrir o hubiera ya ocurrido.

—¡Ni una deshonestidad, jamás tocaré una sola moneda del pueblo! Es el deber de un hombre de bien. Pero el deber de una mujer son sus hijos... —resoplaba como un rinoceronte, y eso daba a sus palabras un halo de virtud sorprendente, como si el corazón estuviese a punto de estallarle—. ¡La mujer es la primera escuela del hombre! Pero una libertad se convierte en libertinaje cuando se pisotean los derechos del hombre. Asistimos a una degradación inaudita de las costumbres y los valores. La espalda del libertinaje, es la de alguien que usa ropa equívoca, profiere malas palabras, no tiene esposo ni hijos. Tarde o temprano me daréis la razón. La gente se enloquece, pero muy pronto busca el orden, las jerarquías que velan por el orden. Usted se rebela contra ellas querido Lucas, pero usted mismo necesita una cierta escala de jerarquías debajo. Usted no puede dar la espalda a los deseos, usted no puede vivir sin jerarquías. Tampoco podemos dar la espalda a la represión. Necesitamos lo uno y lo otro para no pulverizarnos. Ningún artista podrá darnos más libertad de la que gozamos. Pero puede hacer añicos la represión, es decir pulverizarnos. Es un elemento peligroso. Están en juego nuestras familias querido Lucas, vuestra familia y la mía, están en juego estas repúblicas cristianas de hombres libres.

El "vuestra familia" era una flecha envenenada. Envuelta en los algodones del también "la mía", se convertía en una punta mortal, cubierta de caramelo como una paleta para niños. Casi todos comprendieron, miraron a Lucas de reojos, y éste debió permanecer callado.

A la mañana siguiente, Lucas no fue a la plaza como se había prometido.

X

El último discurso del Doctor Ernesto en el Club fue de una contundencia tal, que el partido "cerrista" perdió identidad, y sin convicciones profundas, decidió él mismo convertirse en figura de la equidistancia y la ecuanimidad. Un joven abogado aspirante a juez, propuso la solución salomónica, que la Libertad mirase al sur, es decir al puerto, al mercado exterior, a Europa, el mundo y las exportaciones. Allí estaba nuestro destino de país rico, exportador de cereales, carnes y azúcar. Allí estaba la savia desde donde provenían todas las culturas que integraban nuestro ser nacional. Los "espaldistas" comenzaron a llamar a los ex "cerristas" como "portuarios" o "sureños", es decir, aludiendo a una dosis de falta de emociones por la propia tierra provinciana y norteña. El comienzo pues de los ecuánimes, ya empezaba mal. La parición era a todas luces defectuosa.

Lucas intentaba mediante sus amistades, crear contradicciones, recelos y finalmente peleas en el partido "espaldista". Pero fue inútil, en él había una coherencia y un dogmatismo a toda prueba. Sus adherentes seguían a sus guías en oratoria, no por lo que decían, ni cómo lo decían, sino porque había algo mucho más profundo, más elemental, primario. Como si estuviese en juego su propia seguridad. Lucas lo definió como una posición "biológica".

Al ciego se le había roto una cuerda del arpa y la estaba arreglando. Él lo miraba desde la ventana cubierta de gotas de una reciente llovizna. Su mujer entró, pero él no tuvo fuerzas suficientes para saludarla. Desde las primeras noticias que tuvo de la artista cuando arribaba del viaje a Italia, Lucas decidió dormir en otra habitación. No tenía hijos y estaba seguro de que ya no los tendría. Había decidido no tenerlos. Ello iba contra toda lógica de hacendados, pero es que paulatinamente, Lucas sentía como si dejara de serlo. Día a día parecía cambiar su ingenio por una ventana a la calle. Sin hijos, sin herederos, su ingenio moriría con él. Abrió un delicado ron cubano y tomó de la botella. El líquido entraba a su garganta, como si pasara la vida. Había perdido últimamente, incluso, hasta la energía para escribirle a ella. No hacía más que recibir sus cartas. Ella no preguntaba tampoco sobre la ausencia de respuestas. Solamente escribía, como un monólogo que a veces se le antojaba a Lucas sin dirección. Pero en los finales de las cartas se adivinaba sin embargo, la necesidad de volver atrás, y tirarse de espaldas en aquel quillango grueso de pieles, y el pecho de él sobre el de ella. Lucas sintió de pronto una tristeza infinita, como un dolor en el pecho, y volvió a sentir la palma de su mano pasada entre las pieles y aquella pequeña espalda húmeda. Fue después de la última carta, que recién él comprendió esa transpiración en la espalda. Parecía deleite, pero era una bomba de terror, como la de su madre encogida mirando el horizonte de la almohada. La bomba la bañaba con esa agua, mientras ella destruía murallas para llegar a él y morderle el corazón. Ella no pronunció una sola palabra sobre esa guerra. Y él se hundía sobre ella pensando que quizá fuese una mujer ligera.

Lucas se levantó, y con el puño cerrado golpeó contra una puerta verde, tan fuerte, que los loros y pájaros del patio comenzaron a chillar espantados.

Querido:

De noche me despertaba como si estuviese en una cárcel de almohadas como barrotes blancos. A la mañana salía feliz a la calle, y repartía mis fotografías, "Lola Mora, Pintora", a las niñas de la sociedad. Mi primo Benjamín, el gobernador, me amaba y yo le exigí la beca para Italia. ¡¿Dios mío, por qué hacía esto?! gritaba entre las almohadas. ¡Dios mío, me asfixiaban el barro, las calles de adoquines de maderos podridos, los carros de caña cubiertos de polvo! Pero tenía una ventana, el libro con una litografía sobre el mar y muchos puertos llenos de hombres con camisetas a rayas, bigotes azules, y pipas de raíces de cerezos.

Vos eras mi ventana. Pero un atardecer sobre el quillango, hundidos, me dijiste una palabra soez, de esas que dicen los hombres cuando están agitados. Te besaba e hice de no oírla. Era el diminutivo abyecto usado para una mujer de la vida. Te seguí besando, pero mi espalda era como una catarata de agua y no podía detenerla... Hay ventanas que muestran la calle. Después pensé, no debo asustarme de la calle, ni quiero ser una flor de invernadero. ¿Pero por qué a mí? ¿Por qué no tenía ventanas con balcones, maceta rojas y geranios como todas las muchachas? Sólo tenía la ventana de una locomotora, por donde se ven venir las cosas de frente, y las cosas pasar raudas, casi sin dejar huella a los costados.

Estabas en alguna parte, cuando junté las cartas de presentación, alguna ropa y subí, al tren. En el comedor tomé vino negro, fumé y me acosté sin ropas en un camarote de madera negra. Iba hacia el mar desnuda en un ataúd. Perdóname, pero ese día no te podía besar. Si lo hubiera hecho sería para abandonar las ballenas blancas del libro, las almejas, y cerrar las tapas como las celosías de una ventana. Pero seré tuya en todos los camarotes de los trenes, y en las pequeñas estaciones que amamos, esas casi perdidas que una vez vimos en un ingenio del sur. El guarda estaba medio dormido y tenía un farol rojo en la mano. Quiéreme siempre. Dolores.

XI

—Mitre.

El nombre sonó tan corto como grandilocuente. Se pronunció esa tarde en el Club.

Sucedió lo que según preveía Lucas debía suceder. El partido de los "sureños" murió el día de nacer. A los "espaldistas" ex "históricos" les bastó pronunciar una sola palabra "federalismo", y los otros naufragaron. La minoría de sobrevivientes decidió no meterse más en la polémica, y a la mayoría tampoco le importaba ya el problema, sólo que no querían perder su orgullo, y mostrarse en el Club como fracasados. Evitaron las discusiones durante los últimos días, pero los "espaldistas" necesitaban una victoria devastadora, un armisticio sin concesiones, y volvían a insistir cada tarde cuando los mozos empezaban a acercar sus bandejas. Fue entonces que uno de los ex sureños pronunció:

—Mitre.

Todos quedaron en suspenso. Nadie entendía, ni los propios ni los ajenos.

—Un general, un militar, creador de nuestra nacionalidad. Recordemos, empezó como oscuro alférez de artillería y encabezó a todos los apellidos ganaderos de Buenos Aires contra Urquiza. Presidente de la República, poeta, historiador, traductor de Víctor Hugo, Dante y Horacio, creador del gran diario "La Nación", fundador de partidos y colegios, filólogo, periodista. Recorrió todos los grados militares, los puestos políticos, los géneros literarios, los caminos de la emigración para llegar a ser el gran hombre de los hombres de estancia. Es decir nuestro ser nacional. Transitó todas las aventuras románticas, todas las ceremonias oficiales, las guerras decisivas, los congresos y pactos. Guarda un balazo en la frente.

Conoce todas las lenguas indígenas, todos los gustos varoniles, desde el cigarro perfumado hasta la colección de las ediciones de libros más raros. Consagrado en los éxitos populares, triunfos electorales y jubileos cívicos. Un molde del renacimiento abierto en el siglo del origen de nuestra patria; un filósofo de acción, un estoico, un Federico el Grande. Señores, don Bartolo tiene ahora ochenta y tres años y una actividad tan febril como siempre. Es el único hombre vivo que ya tiene su nombre en una gran calle de Buenos Aires. Ello fue dispuesto recientemente por nuestro Congreso Nacional, en homenaje a su ochenta aniversario. Señores, os pido ceremoniosamente que dejéis vuestros antiguos rencores a un lado, como los buenos guerreros dejan sus armas cuando ha llegado la preclara ocasión de la paz, y decidamos entregar al glorioso Bartolomé Mitre la honra de ser el árbitro de esta reyerta patriótica. Esto es, que él decida si la Libertad debe mirar hacia el sol, o hacia los cerros según lo interpreta la propia artista.

Lucas calculó que el silencio que siguió a esas palabras, era inevitable. En las cabezas de todos, pero particularmente en los hombres del partido "espaldista", funcionaban aceleradamente los cálculos, las movidas, los juegos políticos, simpatías, etcétera preexistentes, y los pasos necesarios a seguir de aceptarse el arbitraje. El primer cálculo de los "espaldistas" fue de desconfianza. Si lo proponían los "sureños", era posible que ya hubieran advertido y conquistado para sus posiciones al viejo general residente en Buenos Aires. ¿Por qué el general, el ex presidente, podría aceptar a la Libertad mirando al Oeste? Es que finalmente también era un artista, tenía algunos dramas escritos y unos libros de rimas. Pero eso era poco. El ministro Magnasco, del presidente Roca, se burló de los preparativos para festejar el jubileo del octogenario del prócer. Lo llamó "ceremonia de su deificación", en el propio Congreso donde estaba presente el viejo general. Dijo que después de esa ceremonia habría que llamarlo, así como entre los romanos Divus Aurelius, aquí Divus Bartholus. Y aunque después de esto el ministro debió renunciar, a partir de allí el general rompió la tregua con el presidente Roca, y el Poder Ejecutivo contestó a su turno clausurando "La Nación" sin término. Los cálculos políticos en las cabezas de los "espaldistas" se prolongaban dolorosamente, mientras el silencio continuaba en el Salón. Lucas comprendió que el silencio no podía durar mucho más. Encendió un cigarro y levantó su pequeña copa de cognac. Ambos ruidos se oyeron nítidamente. Los gobernantes provinciales eran socios de Roca, es decir ahora enemigos de Mitre, y allí militaban los pocos ex "cerristas" o "sureños" que aún quedaban. Pero también entre los "espaldistas" había no pocos enemigos políticos de Mitre. ¿Qué hacer? La joven lumbrera conservadora, el Doctor Ernesto, se paró y pronunció:

—Está bien.

Todos los "espaldistas" lo miraron aterrados. ¿Por qué había apresurado la aceptación? Se necesitaba más tiempo; sólo que ahora ya nadie podría desdecirlo, primero porque era un *leader*, y segundo porque el no ratificarlo hubiese mostrado al grupo como inestable, temeroso, excesivamente contemplativo y en disidencias. Al escuchar la respuesta de los "espaldistas", el abogado de la propuesta original volvió a intervenir.

—Muy bien, sólo que para que haya arbitraje deben acordar sobre el árbitro las dos partes litigantes. Deberemos traer a la señorita Mora para conocer si ella acepta.

Fue un golpe maestro de la diplomacia oficialista, pensó Lucas. Todos quedaron como inmovilizados. En dos palabras, los ex "urbanistas", ex "cerristas", ex "sureños" se retiraban limpiamente. Ya no tenían nada que ver con el problema. Dejaban en su lugar, completamente sola, a la propia escultora. Si el general fallara a favor del sol, la única perdedora seria la artista; si lo hiciera a favor de los cerros, ellos tendrían una satisfacción moral y, llegado el caso, hasta podrían utilizar el fallo como un boomerang político contra la Unión Popular opositora. En ningún caso serían perdedores. El joven Ernesto comprendió de inmediato la estratagema, y se dio cuenta de que había caído en una trampa. Miró a los suyos con entereza y dignidad sorprendente, en tanto ellos lo miraban absortos como náufragos.

—Quiero que quede una cosa bien clara —pronunció sin afectación la joven luminaria conservadora y católica—. Si triunfa nuestra posición será una victoria del pueblo, una lección de la dignidad contra el fraude, un escarmiento de la tradición contra los farsantes.

Esas palabras fueron terribles. Un ex "cerrista" tosió como ahogado con saliva. Ellos no habían calculado eso, es decir, que si ganaban los "espaldistas" iban a transformar la victoria en un asalto de caballería contra el oficialismo, aunque éste repitiera incansable que no tenía nada que ver, que era un asunto exclusivo entre la escultora y los "espaldistas". De librados, de golpe volvían a entrar en el ruedo. Comprendieron que ahora no podían abandonar a la artista, pero que tampoco podían hacer demasiado por ella, pues debían tomar toda la distancia necesaria. Necesitaban actuar en secreto, y hacerlo intensamente. Como si fueran espías. No estarían pero estarían comprometidos hasta los huesos.

—Invitemos a la señorita Mora a concurrir mañana a la tarde a este Club para proponerle el arbitraje— señaló el Doctor Ernesto.

Una masa de hombres se retiró al mismo tiempo del salón. Al pasar por la puerta algunos chocaron sus codos contra otros. A todas luces, oficialismo y oposición se dirigían hacia residencias particulares para conferenciar, y luego decidir los planes de acción futuros.

Cuando todos se fueron, Lucas aún seguía sentado en el salón. Hacía frío y el calor del hogar no llegaba hasta él. Veía el chisporroteo del fuego y de las leñas de quebracho ardiendo. Le trajeron una copa de ron y unos canapés. Tomó sin tocar los bocadillos. No tenía apetito. Hacía días que tragaba alguna que otra cosa en los almuerzos con dificultad. Escribiría al general Mitre, casi no lo conocía, pero le diría que colocaba el ingenio a su disposición para una próxima campaña política del estadista si la hubiera, o para contribuir a su biblioteca y archivo. Para lo que fuese. Pero necesitaba que él le hiciese un pequeño, insignificante favor: que la Libertad mirase hacia donde la escultora deseaba. Le hablaría de hombre a hombre. Es un viejo amor general, una vieja deuda nacida sobre un quillango, entre el cuerpo desnudo de una mujer menuda, nadadora como una trucha nerviosa río arriba hasta mi garganta. Un viejo aventurero como usted general, debiera comprender un sueño, la imposibilidad de vivir sin abandonar los sueños.

Lucas escribió esa misma noche en el salón y a la mañana siguiente despachó la carta.

XII

Querido:

Amaba a los muchachos melenudos de largas corbatas flotantes, que en las horas profundas de la noche buscan una palabra, una sola sílaba para acabar una oda. Por eso te amé. Y amaba tus palabras lejanas y tus manos largas como acordeones, finas, llenas de huesos y venas azul ultramarino. ¿Y cuando en los juegos florales obtuviste el primer premio de poesía? Y me lo dedicaste: "a la rosa sombría".

Amaba el dulce de membrillo, el mote, la lluvia helada bajando desde los pacarás, las siestas soleadas de invierno, y tu voz sonora como la de un censor romano. Y el primer mar en el primer barco. Recuerdo que estaba eufórica y no quería dormir. Por las noches salía del camarote hasta cubierta y oía tu voz. Respiraba el olor de la sal, de millones de peces en un océano oscuro, y las roncas chimeneas del buque en el centro de la soledad.

En Venecia quedé sin aliento, pero todavía oía tu voz y tus versos. Besé a un muchacho en una góndola, debajo de un puente dorado por el atardecer, sólo porque se te parecía. Cuando golpeé la puerta del taller de Michetti en Roma, me respondió que no tenía lugar para una mujer. Lloré, imploré, amenacé con matarme y volver muerta en un féretro verde por el mar. "¿Por qué verde?" preguntó. Yo actuaba y estaba feliz bajo las lágrimas. "Este hombre es un artista acomodado, un fabricante", pensé de inmediato. Y te volví a ver recitándome en los juegos florales. Tú eras distinto, no te rebajabas a vender tus poesías. Michetti se asustó y terminó aceptándome.

En dos meses soñaba con el gran Canova, al que Napoleón encontró en un villorio del Véneto. El más iluminado, con sus héroes neoclásicos esculpidos en marcha armoniosa y perfecta; allí estabas tú y yo desnudos, volcándonos, senos y pechos unos sobre el otro. Andrea Appiani tiene un Retrato della signora Regnaud de Saint-Jean d'Angely. *Los brazos cruzados sobre el regazo, soñadora, llena de burbujas, mujer de un fabricante descuidado, desaprensivo, la piel rosa y un brazalete a la altura del busto. No quiero ser ella, pensé. Un poeta podía haberla abandonado, un fabricante ni la abandona ni la tiene. Con un vestido transparente espera a un hombre, o a un grupo de hombres, quizá al de Guiseppe Bossi. Allí volví a encontrarte. Cuatro rostros alucinados, cortados a golpes de hacha, ojos inmensos como lagos donde se reflejan los planetas. Conspiradores heroicos de trajes negros y pañuelos de seda blanca. El último de la izquierda eras vos, y el último de la derecha también. Todos eran vos. Podía haber entrado bajo las sábanas de esos cuatro hombres para salir más limpia, más alta, como quien entra en sus ojos, quien entra al mar helado de sus bocas dispuesta a no regresar. Entrar como la joven desnuda de* La Sorpresa de *Canova, pero sin esconder el pubis ni las nalgas ni las piernas. Porque allí estabas vos, o estaban otros parecidos, y una mancha de agua como la otra cara de la luna bajo mis ropas, lo que nos había sido negado desde antes de La Biblia, porque Eva había ofrecido la manzana y era culpable del dolor de Cristo. Querido, recuerda que fue un libro escrito por hombres, quizá como voz, o los cuatro de Bossi con melenas, voces sonoras y ojos erráticos de cónsules. Hombres espléndidos que condenaban a sus* esposas a apagar la luz de la otra cara de la luna bajo sus ropas, sólo porque tenían otras amantes sobre las que soplaban noche tras noche para mantenerles la luz de sus lunas vibrando.

Entonces me alejé del clasicismo. Pero todavía no sospechaba que las mujeres de Delacroix en la Muerte de Sardanápalo me llevarían a la escultura. ¿Recuerdas? El monarca asirio cómodamente recostado en su litera observa impasible como se cumple su orden. Su capital sitiada está a punto de sucumbir, ordena entonces aniquilar a todas sus mujeres y esclavos, ¿observas? Un guerrero rojo hunde su puñal en el pecho blanco de una de las favoritas. El monarca mira recostado, casi aburrido, sosteniendo con un brazo su cabeza. ¿Qué pasaría si los monarcas de las fábricas estuviesen sitiados por los bárbaros, y su reino a punto de sucumbir? ¿Dónde quedaría la poesía? ¿Adónde nosotras? No quiero fabricantes obtusos en mi vida —me dije—, pero tampoco poetas que no sepan vender sus odas.

Y otra vez los ataques repentinos de pánico, como si viviera con un monarca asirio. Después llegaban días de calma, noches alegres con músicos, vates y artistas. Comenzaba a perderte. Me habló Gabriel D'Annunzio. Me hizo ver que la vida no se puede entender, la historia no se puede entender, ni siquiera la razón; que sólo hay que tener una certidumbre cualquiera, una madera en el mar, una palabra, una estupidez, algo de qué aferrarse y creer aun cuando no exista. Creer exasperadamente en el yo mismo, pero le contesté que creía en vos y él se *rió fuerte, delante de todos. Quedé como una estúpida. "Hay una sola ciencia en el mundo", me dijo, "la de las palabras". Le refuté que creía en la ciencia de las formas. "Las formas no tienen verbo", respondió. Me enamoré de él, de su boca y de sus verbos. Me propuse llenar de verbos los mármoles, correr, abrazar, amar, sostener, arañar, morder, arrancar, forcejear, lastimar, estirar, acariciar, golpear... Me habló de su libro* El Inocente. *Lo leí, y volvieron las pesadillas. Tullio engañaba a su mujer con su reiterada y furiosa sensualidad. Pero luego siente la necesidad de volver a ella, a la criatura espiritual y comprensiva que siempre lo había perdonado. Pero Giuliana, impulsada por el egoísmo de su esposo, ha pecado también, y ahora es madre de un hijo ilegítimo. Tullio siente que la debe perdonar, pero en él va aumentando un odio sutil e implacable por el obstáculo al amor reencontrado, el niño. Lo mata exponiéndolo al aire frío de una noche de invierno. Decidí no tener hijos. Dormía cubierta de almohadas con un gran cuchillo de cocina en la mano. Pero en vez de debilitarme, cada tránsito me hacía más fuerte. Ningún Tullio asesinaría mis mármoles. Gabriel volvió a entrar en mi taller con su retahíla de aduladores y amantes. Delante de todos, como él lo hiciera conmigo riéndose una vez, le dije que lo amaba pero que me producía pánico. Me miró serio, con unos ojos como los tuyos, luminosos como los de Bossi, y habló. No era una voz, era el diapasón de un coliseo romano. "Desprecio sin reservas a los hombres comunes, señorita Mora. El egoísmo es un derecho que no se discute. Y la propia vida hay que hacerla como una obra de arte, pero para eso, hasta en las depravaciones hay que conservar una especie de orden. Nosotros, los artistas, vamos a acompañar a los superhombres como lacayos, volveremos a ser lo que fuimos, esclavos. Se acerca el tiempo señorita Mora, de los poetas genocidas. Brindemos por eso, lo único que va quedando intacto es la ferocidad". Se acercó y me besó en la boca. Una amante fue hasta el automóvil y trajo una botella de champagne. Levantó una copa y mirándome a los ojos sonriente, dijo: "por las vacas argentinas". Levanté la mía, y no sé por qué contesté: "por las locomotoras".*

Entonces tomé una decisión, jamás volvería a entrar a la cama de un hombre, ellos entrarían a la mía. Comprendí que ningún monarca asirio puede asesinar a una locomotora. Rompía el aire, y en el final, donde mis vías se unían en un punto estabas vos, todavía lo estás. Tuya desde Bagdad a Estambul. Dolores.

XIII

Esa mañana Lucas se levantó con un fuerte dolor en el pecho. Tomó un café caliente servido por una de las indias de su casa, se vistió, se perfumó y salió a la calle. Iba directo a la plaza. Tenía que hablar con ella, decirle que acababa de escribir al general Mitre; que hoy vendrían a invitarla al Club para saber su opinión sobre el arbitraje, y que debía aceptar. "Lola no tengas miedo, yo estaré junto a vos, y puse mi fábrica a merced de la libertad. Terminarás tus obras y quizás...", le diría.

Cruzó la calle, tocó la corteza de un tarco añoso, y comenzó a caminar por la diagonal que llevaba al centro de la plaza. Estaba temblando. Se sentó en un banco y miró hacia la estatua. La copa de un árbol la cubría, dejando sólo visible el alto pedestal y las cadenas que lo rodeaban. Los ayudantes italianos discutían entre ellos sobre algo. Logró calmarse, se levantó y caminó los diez pasos que faltaban hasta el centro. Allí estaba ella de espaldas, arriba, pantalones y guardapolvo de trabajo blanco. Siguió la curva de la espalda desnuda y el comienzo de las nalgas. Sintió como si su juventud estuviese allí petrificada, y como si la línea central de la espalda lo llevase a un territorio lejano. El sol le daba a Lucas en la cara, y ella trabajaba con la cabeza hacia arriba, sin ver a nadie.

Se alejó hasta el extremo de la plaza y cruzó la calle. Subió las escaleras del Club, se tiró en uno de los sillones negros y pidió una botella de ron inglés. Con la primera copa volvió a ver la figura, de ella, pero como en un eclipse. Ella estaba entre el sol y él, y era imposible mirarla sino con un vidrio ennegrecido de hollín. Con la segunda copa vio la espalda de ella levantarse, doblarse en ángulo recto sobre sus nalgas, y él besándole el centro del vientre. La espalda bañada en transpiración olía a agua de azahares. Entonces él dijo una palabra soez y se arrepintió. Como si alguien se la hubiera soplado al oído. No era de él, ¡Dios!, ¿quién lo castigaba así? ¿Por qué aparecían palabras que no estaban en sus poesías? Es que por momentos estaba convencido de que la risa de ella era de una crueldad ilimitada. Un amigo pasó por Roma y le trajo una anécdota. D'Annunzio quiso amarla, pero ella le contestó por carta que estaba tuberculosa. El otro no apareció más por el taller y ella lanzaba carcajadas fuertes como aullidos. Lucas siempre tuvo miedo de que ella se riera así de él. No lo soportaría, se disolvería como una vela. ¿Pero era así su risa? Llegó a pensar que si ello pudiese ocurrir alguna vez, la mataría antes, y después haría lo mismo consigo. Era preferible un suicidio por amor, la destrucción de ambos, a que uno de ellos, él, se viera disuelto como una vela. Su padre le había hablado como de hombre a hombre. Le pasó un brazo por los hombros y le apretó cariñosamente el brazo: "Hijo, hay artistas en muchos lugares. Artistas en los bares, en los vodeviles, en los cabarets también hay artistas. Sos joven y te puedo decir que conocí mucho de arte". Sintió que la espalda de ella se inundaba y quiso socorrerla, besarla de otra forma, amarla de otra forma, pero ella se perdía, se ahogaba en el océano de su espalda. Con la tercera copa apoyó el oído en el territorio límite, sobre su cintura. Alcanzó a escuchar el ritmo de unos bombos legüeros golpeados en la selva del Tala, una baguala, una opereta, la sinfonía Inconclusa de Shubert... La música de ésta aparecía y desaparecía tenuemente. Los violines se endurecían de dolor, y un momento después, desesperados, volvían a empezar. Era una sinfonía de su espalda, casi no era música, sino un dolor envuelto en olas de transpiración, como un río que fluía hacia arriba, hacia atrás, hasta perderse arrastrando al revés las piedras, los troncos de la orilla, y llegar a la primera gota. Al nacimiento, el origen necesario desde el cual volver a empezar todo. Con la cuarta copa hundió su boca en el corazón de ella, y besó una a una las válvulas. Su pecho tenía la sonoridad de un órgano, y pensó (¿tenía entonces cuántos años?), pensó que no dejaría que esa espalda levantada se alejara de él. Con la quinta copa se vio rompiendo esa ventana con la cara y la barba cubierta de cristales ensangrentados. Volaba como el capitán Silimbani, veloz hacia el África en una estela china. Ella lo tomaba de la mano y lo conducía despacio hacia el mar. Después no recordó más, porque al parecer sus amigos lo alzaron y arrastraron hasta su casa.

XIV

Querido:

Tú me dijiste una vez que la fidelidad no es una cuestión del cuerpo sino del alma. Golpeé a la puerta de Monteverde, el del Ángel del Dolor, *el de la estatua, para Víctor Manuel en la plaza de Venecia, y él golpeó a mi cama. Lo dejé entrar porque podía darle agua de un estanque, lirios, nenúfares, olores. A cambio él me enseñaba la fuerza de las manos, de los torsos y los escorzos. Fue un contrato bastante pragmático. Una cuestión de anatomía. Pero mi alma estaba en tu voz polifónica, la corbata al viento, y esa noche larga, provinciana de naranjos silvestres, en la que escribías con un cortaplumas un soneto sobre un banco de madera, sólo para que mis piernas tocasen las palabras al sentarme. Poco después encontraste una de mis fotografías publicitarias, "Lola Mora, Pintora", en la casona de unos amigos de tu padre. Se rieron ¿te acuerdas? La robaste para romperla frente a mí ¿te acuerdas? "Un papelón", dijiste. Pero fue hace tanto tiempo que no tiene importancia, incluso hasta me había olvidado. Sólo que entonces no debí olvidarme porque llené el baúl, guardé las cartas de presentación y subí al tren. Nunca supe por qué me quitaron la pensión. Pero Monteverde no me cobraba y yo seguía peleando contra sus escorzos, el mármol, la creta, el yeso, el bronce, y por vender mis primeras obras. Enviaba cartas al general Roca ¡Oh general ayúdeme! Si yo tuviera la fuerza del general... Él podía matar miles de indios en el desierto, encabezar una república sudamericana con olor a Támesis, y amar a las mujeres más hermosas del mundo. El General ordenó al embajador la continuidad de mi pensión; la ayuda total a mi persona. Pasé a ser una princesa de una República de gauchos y vaquillonas en la ciudad de los Césares. Pero cuando el viejo General pasó por mi taller, me sugirió que le devolviese los favores. No lo dijo, pero lo sentí y le quedé agradecida. Todavía sigo amando a los héroes republicanos, como cuando era niña. Es una debilidad de la que no me he curado y quizá no quiera hacerlo. Y yo creo que fuiste mi héroe, hasta que rompiste esa fotografía. Porque el General me aceptó como una artista, o lo que era lo mismo para él, un ser a mitad de camino entre la esposa cristiana y la prostitución. En cambio tú, melenudo, con tu larga corbata flotante, la voz ronca de la noche y el esfuerzo de la palabra, rompías la fotografías de una manera que tenía que pasar, por lo mismo, a ser una digna esposa. Claro que eras muy joven todavía y yo también. Y yo he cambiado algo y quizás tú también.*

D'Annunzio me mandó una esquela "quiero amarla señorita". Me reí y le contesté. "Imposible, estoy tísica". Él se presentó y me dijo: "Puedo amarla sin tener que besar su boca". ¿Qué piensas de un hombre así? Pude haberle contestado: "Usted es una bestia de un orgullo descomunal". Pero si hubiera estado tísica en verdad, ¿no se lo habría agradecido? Fuera de mí, entonces le dije casi gritando: "¡¿Por qué no me besa sin tener que amarme?!" El me miró con una profunda decepción; quizá por mí, pero creo que más por él mismo. "Si lo hiciera, no sería un hombre del futuro", me contestó.

De todos modos, tuya en todos los desiertos del África negra. Quiéreme siempre. Dolores.

XV

Se levantó todavía mareado a las seis de la tarde. A las siete y treinta ella tenía que acudir a la cita del Club. Se metió en la bañera y quedó sumergido unos minutos. Acercóse al espejo, llenó su larga barba española de espuma de afeitar, y con la navaja empezó a cortársela totalmente. Cuando terminó la operación, se observó extremadamente delgado. Donde la barba no había permitido la llegada del sol, en los pómulos, la piel estaba muy blanca. Había arrugas en la comisura de los labios. Todavía era un hombre hermoso. Se vistió y llamó a su servidumbre india para que avisara a su cochero que preparase los caballos. Los doscientos metros que lo separaban del Club los sentía como una distancia descomunal. La cabeza le pesaba como un meteorito.

Más que una mujer era una caja de sueños. Mientras dormía tenía gestos para todos los sueños. De repente la boca abierta de un niño cuando mira en la noche un globo de papel iluminado; un momento después de exploradora despertándose en un desierto empapada de sudor. Él la besó y ella dijo con los ojos inmensamente abiertos “no quiero ser sólo tu musa inspiradora”. Lucas sabía que esas palabras no salían de la caja, no estaban en la trayectoria de ningún sueño. No supo qué contestar. Ella levantaba una muralla china y le decía “crúzala”. Pero él quedaba inmóvil, con los versos en el bolsillo del saco. No lograba comprender por qué una caja de sueños podía volverse tan material, como una piedra helada a la mañana.

En el Club estaban todos los hombres reunidos esperando a la mujer. Las mesas se habían tornado absolutamente partidarias. Nadie estaba sentado en un sitio que no le correspondiese según la guerra declarada.

Desde la noche anterior, reunidos en la casa de un propietario de ingenio, el ex partido "sureño" se había empezado a llamar a sí mismo como de la "abstención". Redactaron una cuidadosa carta dirigida al general Mitre, donde cargaban todas las tintas sobre el ex ministro Magnasco, haciendo pasar inadvertida la figura del presidente Roca, a la que ellos obviamente respondían. Calificaban a Magnasco como "lechón soberbio", y prometían que así como la calle Piedad en Buenos Aires se llamaba ahora Bartolomé Mitre, también se debía inmortalizar con su nombre a la arteria de la fachada de la Casa de la Independencia. El jubileo de los ochenta sería festejado en la provincia, aunque con retraso, y la tardanza no tenía otra causa más que los tan malos ratos provocados por la superproducción de azúcar. La oferta estaba presentada en forma tentadora. Después pasaron a lo que definieron entre ellos como el "pechazo", es decir, le solicitaban que como autor de la gran "Historia de San Martín", reconociera en el arbitraje que se le pediría en su oportunidad, que la Libertad mirase hacia los Andes magníficos que cruzara el prócer libertador. La carta la firmaron todos los presentes. Uno de ellos, mientras estampaba su firma, explicó: "No nací hijo de puta, la sociedad me hizo así". Hubo una risotada general.

Los "espaldistas", reunidos a su vez hasta altas horas de la noche, resolvieron autollamarse partido del "jubileo". Tenían mucho más para ofrecer al General. En primer lugar su oposición al viejo Roca. Pero el as de espadas era que uno o dos hombres del grupo participaron en la organización de los gloriosos festejos del ochenta aniversario. El grupo escribió una conceptuosa y calurosa carta, donde recordaba aquel reciente 26 de junio de 1901 iniciado con una salva de artillería de los buques de la marina de guerra. Después, los despachos de congratulación, ramos florales, plaquetas de bronce, insignias de cuerpos combatientes, banderas y gallardetes llegados hasta la casa del prócer. La palabra "prócer" se repitió en varias oportunidades en la carta, pero aún así se tachó en cinco párrafos, so pena de que su abuso invirtiera el efecto buscado. Recordaban cómo llegaron hasta su casa el presidente de la Nación, los ministros, magistrados, legisladores y legaciones extranjeras. Cómo pasado el mediodía una multitud organizada ocupó la calle frente a su casa y el general la saludó desde la cornisa del techo, con su figura plena de austeridad, sencillez, reposo y magnanimidad. Cómo la multitud temió por su vida, que el prócer resbalase y cayese hacia la calle, pero como a él eso lo tenía sin cuidado, después de haber estado en todas las guerras, los armisticios, los debates, los duelos y las luchas políticas. De cuando el ex presidente Uriburu, de la familias de los azucareros salteños, a las sazón presidente de la Comisión de Homenaje, fue el señalado por la historia para recibir todo el calor y apoyo de este grupo de azucareros tucumanos que ahora le escribía, y le recordaban de cómo Uriburu pronunció: "General Mitre: la República está toda de pie y tres generaciones de hombres os saludan". Luego habló Freis, de la Sociedad Rural Argentina y dijo: "vuestro nombre vivirá mientras exista en la tierra una canción argentina". Y el prócer abrazó al orador y el público exclamó ¡Viva Mitre!, y en seguida el homenajeado pronunció el discurso del jubileo, para finalizar con la función teatral lírica nocturna en el teatro Opera. Le recordaban a propósito, su más excelsa obra, la "Historia de Belgrano y de la Independencia Argentina", y cómo de paso le comentaban, que la estatua de Belgrano en el centro de la plaza principal de Tucumán, había sido retirada para llevarla a los suburbios, entre rancheríos, por obra y gracia de la política oficial, amigos íntimos de su adversario el presidente general Roca. Nada menos que su Belgrano, había sido reemplazado por una libertad que no era nuestra, y que, para colmo de males, daba la espalda al sol naciente, al sol que Belgrano reclamó para nuestra bandera como símbolo de los incas oprimidos por los conquistadores. En este punto hubo una agria discusión en el partido del “jubileo”. El doctor Ernesto Padilla se opuso terminantemente a que se hablara de “opresión española”, toda vez que de la madre patria habíamos legado la lengua y la religión. Qué sería de nosotros, exclamó, si no fuera por esa lengua y esa fe. No estaríamos discutiendo sobre la libertad. Seríamos todavía esclavos de la ignorancia, idolatraríamos fetiches, sacrificaríamos niños para cada cosecha de azúcar, etcétera. Sin embargo el doctor Ernesto no pudo triunfar, porque un viejo caudillo senador dijo que la carta tenía que tener el espíritu de la “Historia de Belgrano”, es decir reconocer como lo hiciera el autor, la saña del conquistador español. El doctor Ernesto se retiró ofendido a la una treinta de la mañana, sin que sus amigos pudieran evitarlo. Detrás de él salieron varios, y el partido del “jubileo” quedó fracturado. Perdía una luminaria. A más, hubo quienes no quisieron firmar la carta, eran adversarios políticos del general Mitre, sin ser amigos políticos del general Roca. La situación era desesperante. Todas las razones de la victoria podían conducir, sumadas, a un único fracaso.

La carta era conceptualmente homogénea, irrefutable y difícilmente superable, pero llevaba pocas firmas. El general daría inmediata cuenta de ello. El partido del “jubileo” calculó que los otros estarían a esta misma hora redactando una carta similar con el pedido inverso. Hicieron números, y concluyeron que los otros contarían, por lo menos con el doble de firmas. El general podría fallar por el partido de la “abstención”, para intentar ganarse así a ese buen número de amigos de Roca, lo que sería políticamente más valioso que este pequeño número, ya por otra parte adherentes a su persona. La posición de las piezas y las estrategias tan diversas hacían un juego extremadamente complicado. Cuando Lucas entró al salón y vio las caras de todos, se dió cuenta de que nadie estaba seguro de nada.

Se ubicó en la última mesa, casi detrás del portal de entrada. No quería que ella lo viese. A las siete treinta entró. Él la vio de espaldas. Llevaba un vestido azul y una boina en la cabeza. Los hombres se paraban mientras ella caminaba hacia el centro del salón.

—¿Con quién debo hablar? —preguntó suavemente.

El viejo senador del partido del “jubileo” se levantó y pronunció:

—Distinguida señorita, si usted está de acuerdo, el conflicto sobre la libertad podemos dirimirlo en un arbitraje, para el cual proponemos a una gloria de la patria, es decir un militar, un guerrero de la organización, don Bartolomé Mitre.

Lucas esperaba arrinconado en el fondo, agazapado como un animal, rogando que ella contestara que sí. Él sabía que su carta al prócer no aportaría más que lo que escribiera el partido de la “abstención”. El general ya estaba muy viejo como para aceptar su ingenio. Ahora, casi retirado, escribía y leía, ordenaba archivos. A la noche Lucas se despertó sobresaltado, y cubierto de sudor se acercó a la jarra de porcelana. Bebió muchísima agua. En la otra pieza dormía su esposa. No supo por qué se acercó a la puerta y apoyó el oído. No se escuchaba ruido alguno, como si del otro lado fuese el reinado de la muerte. Apoyó la boca en la vieja madera y percibió un gusto acre. "El general es nuestro genio heterodoxo". Se sorprendió de haber dicho eso en voz alta. Del otro lado nada se oía.

—El primer adjetivo, "nuestro", le hará decir no a ella —Lucas hablaba solo, con su boca casi hundida en la madera—, el segundo, "genio", le hará decir que sí; el tercero, "heterodoxo", afirmará nuevamente el sí. ¡Dos a uno! La heterodoxia y el genio pesan más que el nosotros...

Dio una media vuelta rápida, y dejó caer su nuca contra la madera. Suspiró profundamente, mirando el cielorraso atestado de angelitos de estuco. ¿Pero qué era el "nosotros" exactamente, cuál su dimensión? ¿Y si tuviese un peso atómico formidable, mayor al genio y la heterodoxia sumados?

El viejo senador carraspeó dos veces mientras ella hacía silencio. Fueron varios minutos de duda interminable. El partido del "jubileo" parecía recobrar ánimos con cada segundo de tardanza de la artista; en sus caras aparecían nuevos colores.

—Señorita... —insistió el senador.

—Sí, estoy de acuerdo.

Cuando ella se dio vuelta y caminó hacia la salida, lo miró a Lucas un instante como si hubiese de pronto recordado algo. Pero no lo reconoció. Ahora comprendía también él, el propósito inconsciente que a la tarde lo había llevado a quitarse la barba.

Se acercó a su mesa solitaria un correligionario, un joven medio ácrata, hijo de una distinguida familia del azúcar. Se sentó y Lucas pidió cognac y café turco para los dos.

—¿Qué tan nuestro es el general? —preguntó a bocajarro Lucas mientras le extendía un habano.

— ¿Nuestro de quién? De la patria, sí; de la "abstención", no; de sus intereses que justifican los nuestros, sí...

—No sé, es como si hubiese una pregunta más. Lo más difícil es hacer buenas preguntas...

—La patria es una feria —dijo sonriente el joven—. Todo lo que estamos haciendo es un espectáculo de feria.

—¿Y qué hay de malo en ello? Una feria es más divertida que un cementerio —contestó Lucas con desgano. Seguía pensando en la boina de esa mujer, seguía pensando en él. No podía seguir así, encerrado como un león en un parque zoológico.

—Pero un cementerio es más respetable —agregó el joven.

—No creas. Lo único respetable es el dinero, y el dinero está en la patria y en las ferias. En los cementerios están los muertos. El mundo ha cambiado, pero utilizamos las mismas palabras de los viejos porque ellos todavía no se han muerto. Eso nos da seguridad y elocuencia. ¿Qué hacemos nosotros sino envolver los negocios con las palabras de la independencia y la organización? Los pancitos pilé con una estatua estúpida sobre la libertad. La libertad es un sueño, un anhelo imposible, un trastorno estomacal, un dolor de pecho...

—Para ustedes la libertad es el fin.

—No es así. Además el ustedes te incluye. Sólo que tienes que reconocer que como hijo menor quedaste al margen del reparto del ingenio familiar. Por eso tu pesimismo. Usaron de tu libertad y ahora no te quedan más que apellido e ideas chocantes. No lo tomes a mal. Hoy estoy demasiado amargo como para tratarte bien.

El joven amigo se levantó sin saludar y se fue a otra mesa. Lucas pensó que el otro tenía razón, y no supo por qué lo rebajó así; la libertad era el fin.

XVI

Cuando volvió a quedar solo en la mesa, sintió como una repentina asfixia. Salió a la calle, aspiró el aire fresco, cruzó hacia la plaza y se sentó en un banco. La noche era serena, cubierta de estrellas. Su padre había sido una persona compleja, irascible, pero finalmente honesta.

—Hijo, ella nunca será feliz si no avanza, si no crea —le dijo un tiempo antes que ella se fuese.

Para amar se necesita la felicidad de dos. Yo puedo acompañar a tu novia a Europa si es necesario, y ver que se ubique bien. Podés incluso casarte y tener esa novia en Europa. Todos los hombres lo hacen, desde el presidente para abajo. Con el tiempo uno aprende que una cosa es el matrimonio y otra el deseo.

Lucas quedó como endurecido. ¿Por qué todos se referían a "ella" sin pronunciar su nombre? ¿Por qué él mismo en familia no decía Dolores sino "ella"?

—¿Usted qué piensa papá? —alcanzó a decir aturdido.

—Es una decisión personal. Uno debe casarse con quien ama. Pero sin bienes materiales tampoco hay felicidad...

Las estrellas iluminaban toda la plaza. Se acercó un chico envuelto en harapos, de esos que difícilmente llegan a adolescentes, y le preguntó si se llamaba Lucas. Entonces le extendió una carta.

Querido:

Luego envié mi propia efigie a una exposición de París y obtuve la primera medalla de oro. Fue el bautismo con el éxito. Y el éxito es la alegría de un juego de niños. Todavía te descubría en cada busto masculino. En el de Roca y en el de Pellegrini. El príncipe de la Sociedad Rural uno, el príncipe de la Unión Industrial el otro. No podía ser de otra forma, y el gobierno tucumano me encargó la estatua de Alberdi. Entonces volví a recordarte, tu voz oscura, tenebrosa, penetrante. Te pedí que me llevaras a conocer la gran finca de caña de tu padre. No sé para qué recuerdo esas antigüedades. Y con esa voz melodiosa, politonal, cambiaste de tema. ¿Cómo podía yo saber que te preparaban una esposa con ingenio incluido? Después de todo, era completamente normal, una gran finca unida a un ingenio constituía el matrimonio perfecto de la economía. Yo en tu lugar hubiera hecho lo mismo, pero no habría cambiado de tema, te hubiera dicho directamente "no te puedo llevar porque hay planes frente a los que no existe el libre albedrío".

Más sencillo. Con sólo hablar te hubiera comprendido. Pero conversabas con metáforas oscuras, incomprensibles, ahora pienso que hasta para vos mismo. Tu poesía se volvía vaga, perdía luz, y cada vez escribías menos, menos, hasta que un día dijiste: "No podemos vernos más hasta que recobre el aliento poético". Ahora me causa eso mucha gracia. Yo era muy chiquilina y lo creí como una verdad indiscutible. ¿Recuerdas? Nos despedimos besándonos, y yo lloraba por tus versos, "¡no los pierdas, no los pierdas!" Lloraba por vos y por mí. Por nosotros.

Al día siguiente tu padre me alcanzó con su hermoso coche de dos caballos negros lustrosos.

—Suba señorita.

La tarde era calurosa. Me llevó hasta el pie del cerro. Nos bajamos entre arboledas gigantes. Se oía cercano un riacho de la montaña.

—Él es más joven que usted señorita.

—No sabía —contesté.

—Conferencié con el presidente en Buenos Aires. Insistí en esa beca para usted a Italia. "Es una gran artista", le dije. Este es un país extraño señorita, se acostumbró a necesitar que sus mejores hombres estén lo más lejos posible...

Entonces se acercó y me besó en la boca. No me resistí.

—Yo puedo solventar sus estudios en Roma; podría vivir con usted allí un período, si me lo permite.

Querido Lucas, si lo mataba te perdía, si le decía no te perdía. Sentí una humillación de la que todavía no puedo apartarme. Como si todo el universo me hubiese juzgado sin yo saber por qué, ni preguntarse él si la inculpada podía ser inocente. Comprendí que era inútil. Estabas en otro mundo, más puro, inalcanzable.

—Está bien —le dije y subí al coche. El quedó algo sorprendido, subió y azotó a los caballos. El viento me daba en la cara y el pecho. Lo recuerdo como hoy. En el cerro estallaban los truenos de una tormenta próxima. Y yo esperaba que un rayo nos alcanzase y matara a ambos. No sabía por qué ni cuándo, pero empezaba a sentir lo que todos, que había algo malo en mí, como un crimen atávico, un magnicidio sin prescripción.

Hasta que tomé el tren tus versos no volvieron ¿y después? ¿sigues escribiendo? Tuya en todos los coches de plaza ¿recuerdas?, ¿con caballos transpirados y nosotros mordiéndonos los dientes? Quiéreme siempre. Dolores.

XVII

La ciudad vivía como presa de una fiebre tropical. Todo el mundo esperaba la respuesta del general Mitre. Hubo más de un viaje en tren, de diputados y senadores que afirmaban viajar a la capital por asuntos legislativos, pero en conciliábulos del Club se sabía que iban directamente a visitar al general. Una tarde en el salón, el "abstencionismo" lanzó la idea de que mientras se esperaba la respuesta, había que consultar al pueblo mediante una asamblea general. Lucas pensó que esta contraestrategia parecía la obra de un genio político. El oficialismo movería todos sus recursos estatales para llevar a las peonadas hacia un lugar como el frontón por ejemplo. No se dejaría entrar a la oposición, se ganaba, y luego aunque llegase la negativa del general a que la Libertad mirase hacia los cerros, estaba la contundencia del referendum popular para pasarla por las narices de la oposición. El partido del "jubileo" a su vez, retomó al otro día la idea del partido de la "abstención", y en el salón aceptó el referendum popular. Pero por elecciones libres. Fue fulminante. Los abstencionistas quedaron helados. Los jubileos contaban con tres a cuatro ingenios más que el oficialismo, y eso los llevaba a una victoria escasa, pero inobjetable. Por supuesto que el oficialismo se negó, y el doctor Ernesto Padilla y su grupo, abierto con heridas insanables respecto del “jubileo”, trató de convertirse a instancias del leader en el grupo de la ecuanimidad, la razón y la unidad de la familia toda del azúcar. Ahora comprendían que abrirse de la decisión futura del general Mitre, había sido un acierto. Quedaban como bisagras políticas, con fuerza como para exigir cargos y diputaciones a ambos grupos, y en cantidad y calidad superior a sus verdaderas fuerzas empezaron a llamarse a sí mismos, partido del “desarbitraje” o de la “unidad”. Por eso, en el debate sobre urna o asamblea, uno de sus más jóvenes seguidores, se paró y pronunció que tenía la solución unitaria y democrática para el caso. Los peones irían a las urnas a votar en forma secreta, y después, al salir del cuarto oscuro, dirían a las asambleas reunidas al efecto, por quien habían votado. La posición fue llamada “urnamblea”, y condujo a chanzas tan divertidas, de oposición y oficialismo, que el joven a pedido del grupo del “desarbitraje”, debió tomar el primer tren a la capital, con el compromiso de no volver hasta que las bromas por lo menos hubiesen amainado. Ello provocó una distensión. El asunto del referendum popular fue olvidado, y eso volvió a ser aprovechado como contraataque por el partido de la “unidad”.

—Nos peleamos por una artista. Como si un demonio hubiese entrado en nuestras casas. Propongo en nombre de la familia, de la unidad provincial y de la organización institucional, que saquemos esa estatua y plantemos un árbol, sin esperar la decisión de nuestro valeroso general, que debe tener cosas mucho más importantes que esta fútil, insubstancial, baladí, atomizante, desgarradora discusión. Un árbol que simbolice la amistad, la unión y la fuerza...

—¡Eso es improcedente! —gritó Lucas inmediatamente. El vio las caras de asentimiento que empezaban a trasladarse como una onda desde una mesa a las otras, entre abstinentes y jubileos—. ¡Esperamos el arbitrio de un prócer que es ante todo un militar! ¿Acaso le pedimos una orden para después desobedecerlo? La libertad nació con las instituciones militares. No se puede dar la espalda a esas instituciones. Sería como dar la espalda a la libertad...

Lucas creía muy poco en lo que decía, pero se dio cuenta que la lógica del razonamiento era sólida. La prolongación reflexiva de lo que él consideraba una verdad a medias. Y una verdad a medias no es una verdad, pero todas las deducciones que siguen a ella pueden ser ciertas e inexcusables. La libertad había nacido en una guerra y por lo tanto diseñada por militares. Pudieron haberle refutado que ello era correcto a medias, ya que Belgrano, Castelli y tantos hombres que dirigieron ejércitos era civiles. Pero nadie quiso desmentirlo, porque en ese salón se deseaba la primer proposición y por supuesto la irrefutabilidad de todo lo que siguiera a ello. Acostumbrados a la idea —pensaba Lucas—, de que en este suelo a todo lo grande se le otorga en algún momento el uniforme militar, el apogeo de una vida se confundía con el apogeo de las armas. Hasta el maestro Sarmiento lucía un bello birrete. En las estampas, las charreteras se convertían en la prenda de la dignidad. Por ello siguió un aplauso general a las palabras de Lucas, y el primero en ponerse de pie fue el gobernador Córdoba, un hombre de carrera militar. Lucas había perdido una oportunidad única. Podría haber formado allí mismo, con fracciones disidentes de los tres partidos, uno nuevo llamado por ejemplo de la "dignidad". Deslizaría el tema del debate hacia la organización cívico-militar de los festejos del Centenario, que ocurriría fatalmente dentro de seis años, etcétera. El propio arbitraje pasaría desapercibido. Pero cuando lo pensó ya fue tarde.

XVIII

Querido:

Te preguntarás por qué dudé tanto tiempo en contestar a esos hombres sobre si aceptaba al General. Yo sé que estabas allí, en alguna parte mirándome y luchando por mí. Bueno, me burlaba de ellos. En realidad no saben, y ahora es tarde para ellos, que hay una estrecha amistad familiar que me une a los Mitre, y a su diario que oficia de gentil mecenas de mi obra. Confío en un hombre que tradujo al Dante durante años, que creó incluso un original método de traducción a partir de ese trabajo. Confío en un hombre que cuando presta un libro, manda a su dependiente a la librería a comprar otro igual. Me preguntarás si él confía en mí. Pero yo no le he pedido eso. Nunca me he quejado, ni me doblé jamás. El sólo tiene que confiar en el arte, en el sentido y en el buen gusto. Te envío copia de una carta que le enviara mientras trabajaba en la Fuente, para que entonces me ayudase con el Monumento a la Bandera en la provincia de Santa Fe. Este todavía no tiene dueño, pero ya existe un subsidio de cincuenta mil pesos otorgado por el Congreso Nacional. Para mí, ganar ese dinero, sería una solución. Necesito liquidar deudas que empiezan a crecer como monstruos y no me permiten descansar. Te parecerá poco digno de mi parte acudir a influencias, pero todas lo hacen, y de lo que se trata no es de La dignidad sino del arte. Por otra parte, a mí me resulta diez veces más difícil que a un hombre escultor. Por eso estoy dispuesta a perder diez veces más dignidad. Le dignidad no es la libertad, y todos estamos llenos de cadenas. De lo que se trata es de cortarlas. Quiéreme siempre. Dolores.

Mi queridísimo y respetado General:

Como le había dicho su sirviente, fui hasta grosera en insistir ese día queriéndolo ver, pero usted estaba con una comisión y no quiso dejarme pasar, tenía razón.

Ya sé que usted está emocionado de mi suerte. ¡Ah! Es usted el dueño si algo vale. Ruego aún al Cielo me dé fuerzas para hacerlo gozar más y más interpretando los hermosos conceptos de nuestra Patria querida.

Ayúdeme siempre, no se canse. Usted sabe que le pertenezco de corazón. Me anticipo a comunicarle que el intendente Lamas debe haberle comunicado sus ideas hacia el monumento a la Bandera. Si usted no tiene inconveniente puede mandar decir allí a la Fuente, a qué hora puedo conferenciar con usted General, y así darme el placer de abrazarlo respetuosamente.

Su servidora

Lolamora

Querido:

Encontré copia de otra carta a don Emilio Mitre, del diario "La Nación" hijo de don Bartolo. No es necesario que te arriesgues —como creo que lo haces— por mí. Como verás, no hace falta. Yo soy muchas cosas que no están resueltas y otras que lo están mal. ¡Que vamos a hacerle! Ahora intentan detenerme, que no termine la instalación de la Libertad hasta tanto llegue el arbitraje del General. Me opuse. La oposición se enteró ya de mis relaciones con la familia Mitre. El Doctor Ernesto ha dicho: "Ella quiere abofetear primero a la ciudad con su independencia y después recibir la bendición por la rebeldía. Se legalizaría un motín. El retorno al pasado, una vuelta a las guerras civiles". Bueno que así sea. Sé que te parecerá horroroso, pero de todos modos esta paz es efímera. Como verás, yo había anticipado al General sobre la libertad, mucho antes de que empezara esta estúpida reyerta. Tuya en todos los cielos con nubes pegadas de papel crepe. Quiéreme siempre. Dolores.

Marzo 12 de 1904.

Mi querido don Emilio:

Hace tanto que deseaba escribirle para saber de su salud y de la del General y toda la familia, al mismo tiempo darle noticias mías, y contarle que trabajo como una desesperada, esperando ser favorecida por mi Patria y mis compatriotas con más trabajo... Dígale a mi querido General, que creo que él concebiría la libertad como la he concebido, llena de movimiento...

Lola Mora

Lucas odiaba el amor de ella por los viejos próceres. "Huelen a naftalina —le había dicho—, y tú les pones el perfume de tus manos en sus bocas sin dientes". Esa semana no había podido escribir cosa alguna, y fue extremadamente duro con ella. Le dijo que era una marca, un estigma de su temprana orfandad, de la vida aldeana y la creencia de que su padrinazgo presidencial sería su eterno amuleto. Ella lo miraba en silencio, y él no podía decirle que tenía celos de los viejos, de las hazañas y las glorias que él ya no podría recorrer. Porque los tiempos habían cambiado. Ya no habría buenas guerras sino buenos negocios. Sus rimas no se leerían en campañas militares sino que se venderían a fabricantes. Odiaba a los viejos que se habían atragantado de acción sin dejar nada a nadie, sin discípulos, soberbios, impúdicos. Y ella que estaba enamorada de todo eso, lo miraba ahora en silencio. Se acercó y dijo "perdóname", acariciándole a él el pelo. Pero él retiró bruscamente su mano. No podía decirle que los viejos habían decidido ya por él, y que no tenía espíritu para enfrentarlos. No podía decirle que los viejos le habían robado el espíritu.

Querido:

Trabajaba, trabajaba... En Roma mi taller estaba atestado de obreros. Hubiera sido hermoso tenerte y que pudieras ver cómo la aristocracia "blanca" y la "negra" compraban mis obras. Quizá porque fuera la única mujer escultora, un poco de snobismo, vaya a saber, quizá porque fuese algo buena. No sé, pero recuerdo que la "blanca" inauguró el siglo con un "Calendario D'oro" maravilloso, con sus apellidos, blasones y círculos. La "negra" tiene la segunda Roma, el Vaticano. Caminaba de la negra a la blanca, saltaba de un café a otro y golpeaba cantando sobre las piedras. El ministro de Obras Públicas de la Nación me encargó los bajorrelieves para la Casa de la Independencia. Le oferté para Buenos Aires el mar y sus secretos, la pasión de las sirenas revolcándose en su plaza de Mayo. Por poca plata tendrían mucha publicidad. Firmamos. Hice la Fuente pensando en vos. En todas las noches que pudimos haber estado juntos sobre un delgado mar como de piel. Ahora puedo decírtelo, es Tu Fuente, así como esa mujer que he parado en el centro de la plaza soy yo, todo lo que hay de inoportuno en mí y todo lo que no se podrá resolver jamás. Casi he perdido las ganas de escribirte. Creo que ésta es mi última carta. Tuya en todos los hoteles donde las mujeres puedan entrar sin vergüenza. Quiéreme siempre. Dolores.

XIX

Cuando el partido del "jubileo" se enteró de las relaciones de ella con el General, llamaron a reunión en el Club y propusieron, voz de un juez mediante, que el arbitraje fuese declarado "nulo de nulidad absoluta". Había una insania manifiesta en el árbitro, como si —se explicó— en nuestro conflicto de límites con Chile mediara el Reino Unido, con quien tenemos pendiente la soberanía sobre "Les Isles Malouines". Pero el partido de la Abstención, por supuesto, se opuso terminantemente. El general ya estaría trabajando en el problema, y a los ochenta y tres años, cuando se tiene tan poca vida por delante y tanto por resolver, haberle hecho perder ese tiempo era un crimen de lesa humanidad.

Lucas seguía la discusión sin entusiasmo, como si el problema de la espalda hubiese dejado de interesarle. Se volvía obtusamente reiterativo, se daban vueltas sobre el mismo palo de noria y no quedaba más que esperar el fallo. Todos lo sabían. Quizá por eso la discusión duró poco, se oía desafinada como un ensayo de orquesta, y como tal se apagó. Quedaba ahora el silencio de la sala para la obertura final.

Lucas encendió un cigarro, y por entre los ojos colorados de una noche larga de insomnio, miró al auditorio. Si su esposa llegara en este momento al Club y le dijera "querido vamos a tener un hijo", bajaría la cabeza como para decir "¿y eso qué tiene que ver conmigo?" La huelga en plena zafra, puso en dificultades a su ingenio. Se concentraba ahora en él, porque de pronto lo asaltó el miedo de no tener su coche, un cochero, indias de servicio, las botellas de ron, de cognac y de ajenjo. Pero inmediatamente lo acorraló a su vez la angustia de saber que eso no servía para nada.. No podía vivir sin eso, y vivir para eso era la muerte. Abrió "El Orden". ¿Qué fecha era? No tenía idea siquiera del día que vivía, quince ¿de qué mes? De golpe vio una carta de ella publicada en el diario, setiembre quince:

Señor Director de "El Orden":

Me violenta ser objeto de discusiones, lamento mucho que alguien me crea quejosa del gobierno... Vengo únicamente a rectificar una confusión del diario "La Provincia" y a probar que no me quejo del gobierno ni de nadie, porque conozco mi situación. Tengo la más alta satisfacción de haber contribuido a los progresos de mi país como he podido, es decir, con el trabajo constante de dos años y medio, luchando con grandes sacrificios pecuniarios, como consta al Presidente de la República por cartas del ministro de Roma, encargado oficial para intervenir en los trabajos de esta obra...

Se acercó su amigo ácrata, y vio a Lucas leyendo. De inmediato supuso lo que le interesaba, entonces le espetó brutalmente:

—Reclama plata. Las mujeres piden plata a sus maridos después de una noche en que los han satisfecho. Lo hacen con sugerencias, "llegó un nuevo sombrero a la Ciudad de Chicago", etcétera. Pero generalmente, sólo después que llega el vestido es cuando se vuelven solícitas. Ella es original, pide plata por cartas abiertas en los diarios. Las primeras son rameras privadas, familiares, las columnas del orden y la seguridad; las vigas maestras de la libertad de sus maridos para acudir a los prostíbulos en los largos espacios en que no llegan nuevos sombreros a la Ciudad de Chicago. La otra es una ramera pública, audaz y desfachatada como todas las putas. Pero por lo mismo cautivante, avasalladora, todo lo que está más allá de la libertad de los hombres, lo que se usa clandestinamente, el libertinaje del que hablaba el Doctor Ernesto...

Lucas lo miraba sin hablar. Le daba igual lo que dijera ese hombre. Le daba igual todo. El otro continuaba, pero veía que no podía sacarlo de las casillas, vengarse en definitiva por la afrenta que Lucas había dirigido contra él. El mayorazgo familiar lo aniquilaba, lo volvía de una agresividad brutal que no podía controlar ni siquiera ante sus amigos. Pero mucho menos cuando alguien como ese hombre, tirado en una silla, como un parapléjico y un diario en la mano por delante, se lo había echado en cara. Odiaba a los enfermos del carácter. Sólo que él no hubiera podido reconocer jamás que era un ácrata violento en todo lugar que no fuese su casona familiar. Aquí era un niño sojuzgado y desposeído, y como tal, no le hubieran consentido jamás un desplante.

—Ella nos acusa a nosotros, el gobierno provincial, de no haberle dado la plata prometida. Se acostó con nosotros —metafóricamente por supuesto—cuando vio que podía sacarnos plata para un sombrero de La Chicago. Sólo que nosotros, acostumbrados a pagar bien en los prostíbulos, le dimos lo que nos sobró de una larga y agotadora noche, y a ella eso no le alcanza. Todo lo hace público en carta a un director. Van a pasar años, siglos, hasta que nos volvamos a encontrar con una ramera similar.

Lucas asintió con la cabeza. El otro vació su copa levantándola hasta dejarla horizontal, se incorporó y retiró sin saludar.

...Bajo la gobernación del Doctor Mena se firmó el contrato con la comisión nombrada por el gobierno provincial, compuesta de los señores Zenón J. Santillán, presidente, Abeledo Lacavera... y el doctor Ernesto Padilla (opositor acérrimo a que se me diera dicha obra)...

Lucas calculó que con esta denuncia ella destruía al partido de la "dignidad". Demostraba que su leader fue el primero en organizar a los "históricos". Su neutralidad era un acto de feria. Él quería convertirse en el verdadero árbitro de un exterminio. La ramera sería aplastada por el peso de la moral. Lucas se dio cuenta que en esta guerra no habría indulgencias.

...Consultado el tamaño y calidad del material se calculó estrictamente los gastos en la suma de treinta mil pesos, que, según el contrato, se dividió en cuatro cuotas, recibiendo la primera de 5 mil pesos al momento de firmar. Después de llegado el plazo, de poco en poco pudieron darme siete mil pesos de la segunda cuota que debió ser de diez mil. Debo advertir que apenas llegada a Europa contraté los mármoles, debiendo pagar en la forma fijada por el contrato para recibir el dinero, a cuyo fin entregué el mismo, garantido por la Legación Argentina en Italia. Como se ve, nadie pensó en demoras y los intereses y exigencias de pago se aumentaban violentamente, tanto que el ministro Moreno, consintió para facilitar el envío de un giro contra este gobierno, el cual lo rechazó por falta de autorización, etc...

No parece una mujer —pensaba Lucas— sino un secretario de Hacienda, un procurador, un escribiente atildado, un viejo burócrata administrador, todo junto. ¿Ella lo sabía? ¿Para qué saberlo?

...Conseguí otra prórroga, prometiendo que a mi llegada a Buenos Aires arreglaría, pero sólo después de algunas exigencias y en la imposibilidad de conseguir fondos para pagar, el Poder Ejecutivo de la Capital y en acuerdo de Ministros pagaron el resto de la segunda cuota y gran parte de la tercera, quedando aún a pagar dos mil quinientos pesos de esta última y toda la cuarta, en total siete mil quinientos pesos que con interés, gastos

de giro, de renovación, etc., han subido hasta los nueve mil seiscientos pesos...

Lucas observó al Doctor Ernesto ir de una mesa a la otra con el diario en la mano, al parecer explicando algo, o explicándose. Pero en las mesas se conversaba alegremente de otra cosa, un Posse había perdido en la exclusiva mesa de juego del Círculo de Armas de Buenos Aires, una cifra aproximada a la tercera parte de un ingenio. La partida de cartas duró tres días con sus noches. El perdedor se levantó, firmó el cheque y pagó para todos sus amigos champagne francés, por haber tenido la paciencia de acompañarlo. Lucas intuyó que el país cambiaba, y que los próceres ahora eran de otra naturaleza. Cuanto más dinero acumulaban, tanto más poder tenían, y tanto más libres eran. Nadie discutiría hacia dónde miraba la espalda del jugador de cartas. Esa mujer era una estúpida. De pronto sintió odio por ella. Libraba una guerra absurda, incolora, ensuciándolos a todos. Ella no podía tener un centímetro de libertad porque simplemente no tenía dinero, y por lo tanto poder. Había hecho que él se ilusionara, se mostraba como una Juana de Arco, pero en realidad era demasiado ignorante de todo. Él tenía que salir de este pantano. Acercarse a ella y abofetearla, después besarla y traerla a su casa, a su habitación, a su cama. Mandar a su mujer a la casa de sus suegros. Lo había decidido.

...La verdad es que el señor gobernador, en la imposibilidad de arreglar esta última suma, me dio la carta de recomendación a que se refiere "La Provincia", para que la mandara a mi apoderado general, quien con esta recomendación obtuvo los diez mil pesos... Espero que no se haya olvidado mi conducta en Buenos Aires con mi Fuente, y aunque no he comprendido el espíritu del artículo de dicho diario, no podría nadie, por ignorante que fuese, concebir la posibilidad de que un monumento como el del Doctor Alberdi pueda costar sólo treinta mil pesos, si no se considera el desprendimiento del trabajo personal y artístico del autor, cuando tenemos ejemplos tan cerca, como ser la pequeña estatua de la tumba del Doctor Ignacio Colombres, hecho por un artista argentino también, y que apenas empezaba, sin ser conocido, que costó doce mil pesos y en estos tiempos. El monumento, sólo revestido en lastras de mármol comercial del señor Hileret, cuesta cuarenta y ocho mil pesos... Sólo debo una explicación más al público, y es que los múltiples defectos y el extraño aspecto que presentan mis trabajos, sólo se debe a mi exclusiva y propia manera de tratar mis mármoles, contando con la más colosal de las faltas, de ser sentido este arte por una que quiere, sufre, odia y combate igual que ustedes. Lola Mora.

Querido:

Habrás leído la carta. Con mucho respeto, en el final me divierto de todos. Los más sagaces se darán cuenta y quizá por eso me perdonen. Los tontos no sabrán qué contestar. Esa que quiere, siente y sufre es por tí. Hoy me apoyé en el hombro de la Libertad y lloré. Tuya en todos los campos de trigo. Quiéreme. Nada más. Dolores.

Lucas salió del Club afiebrado. Aspiró el aire húmedo. Era ya de noche, y encendían los faroles de la plaza. Pasó junto a la estatua, se acercó a la columna que la sostenía, y la besó. Un gusto a sal cubrió su boca. Se alejó rápidamente para que no lo descubriesen. El acto era ridículo y la fiebre no hacía sino subir. Se sentó en su sillón frente a la ventana, y miró los árboles de la vereda que desprendían los primeros retoños. Nacía la primavera.

XX

Querido:

Hoy estoy alegre y pienso en vos. Nos reíamos de las mujeres gordas y almidonadas ¿te acuerdas? De las esposas que duermen hasta tarde y las damas que corren a las sociedades de beneficencia y de protección de sus animalitos. ¡Eras tan hermoso! Tenías la melena de un suicida, y los labios sin horizontes de un hombre decidido a matar, un revolucionario, un amante celoso hasta el paroxismo. Una vez me mordiste el muslo hasta sangrar. Me asusté y te besé. "Quiero que lleves una marca mía" me dijiste entre los besos, y durante meses rogaba que la cicatriz no se disipara. Pero hace mucho que ya no la tengo. Tampoco recuerdo en qué pierna fue ¿quizá te acuerdes?

Hubo un largo papeleo por los motivos de Tu Fuente. Debí cambiar varias veces las maquetas. Allá en Buenos Aires había algo que entorpecía, que frenaba los ánimos, que intentaba helarme. Todas las estatuas de Buenos Aires inmortalizaban hombres, la mujer no existía, estaba en otro mundo, quizá bajo el mar. La mujer era una categoría submarina, del submundo, es decir bajo el mundo. Imaginé el submundo como una valva gigantesca de molusco, cubierta de agua de mar y de rocas. Entre la sal, la piedra y el agua emergen tres tritones desnudos tratando de dominar a tres potrancas enloquecidas, en celo. La Fuente comenzaba con los verbos de D'Annunzio y eran tus cuerpos y mi furia. Se lastiman las bocas en el esfuerzo de zafarse de las bridas sujetas por los dioses marinos. Cuando rompiste la fotografía ¡tanto tiempo! recuerdo que di un paso hacia atrás. Por primera vez sentí las bridas, y tu fuerza de dios y mi boca lastimada en el paso hacia atrás. Sentí el gusto de la sangre en mis encías. Tenía que escapar hacia el fondo del mar, hacia arriba, hacia una caracola como un palacio, y sentarme allí a escuchar un sonido infinito. No era sólo la resonancia del mar, sino sobre todo el crujido de algo terrible. El temblor de una afonía llegada de épocas remotas. El relincho de los padrillos y yeguas, y los insultos de los tritones que ni siquiera logran oírse. La campana del mar abruma con su espantosa onda sonora. En el centro una roca, y sobre ella dos nereidas desnudas levantan otra valva más pequeña, en la que aparece Venus que se ha sentado y recogido las piernas. Está naciendo la mujer, fecundada por los agujeros del mar y el miembro del dios del tiempo. La diosa del amor y del deseo, la sensualidad entre el furor de los animales, los ronquidos de los siglos, la campanada rancia de mujeres calladas, sordas, sin sexo, de vida submarina, desterradas, sin lunas bajo las ropas, con manos y piernas cortadas. ¡Ay Gabriel había soñado con un collar bajo el mentón de la luna! ¡¿Por qué no recuerdo tus versos, y sí los de Gabriel pero hablados con tu voz de órgano?! El collar es tan claro que la luna empalidece, se inclina y muere. Pero ahora la caracola está pariendo, puja, empuja a Venus hacia la superficie. Tu Fuente es un nacimiento. El mío. El de los dos.

Cuando acabé la obra dejó de atormentarme el mar, y comprendí que te había perdido. Tuya en todas las catedrales que tienen huecos para el amor. Quiéreme siempre. Dolores.

XXI

"Si no hago algo por ella, esta mujer va a morir pobre, muerta de hambre, tirada en algún sitio oscuro de alguna provincia". Lucas lo pensó varias veces mientras caminaba hacia el Club. En la vereda de enfrente un anuncio llamaba a entrar en un pequeño, sórdido salón, donde se exhibían por unos centavos dos enanos. En el saco blanco llevaba "El Orden", donde se hablaba que la tuberculosis en la provincia no hacía sino aumentar año a año. Cruzó junto a la estatua. Pero entonces, por el caminito contrario, vio al joven empleado del telégrafo que corría hacia él.

—¡Llegó, llegó, llegó! —gritaba con la voz cortada por el cansancio y la excitación.

—¿Qué? —preguntó Lucas sorprendido.

—¡El telegrama de Mitre...!

Lucas lo tomó, lo guardó sin abrir en el bolsillo de su pantalón y caminó hacia la esquina del Club. Su corazón marchaba frenéticamente. La conversación con su joven amigo ácrata no le había permitido dormir varias noches. Él pensaba como un hombre, y el general podía pensar como él. Una ramera o el poder. Podía sentir que esa mujer libraba una lucha por el poder. Y el general no estaría dispuesto a abdicar de parte de su libertad. En ese caso fallaría inobjetablemente contra la espalda. Pero era posible también que el general estuviese ya viejo, y como todo anciano, aliviado significativamente del problema de la sexualidad. Un hombre viejo, piensa en el arte y la cultura. Pero Lucas no estaba seguro de nada. Al pasar por la puerta del Club tropezó con un escalón y estuvo a punto de caerse. Cuando entró, todos miraron su cara lívida sin comprender.

—Llegó el telegrama del general Mitre.

Hubo entonces una ola de exclamaciones, aplausos y uno que otro ¡Viva la patria! ¡Viva el azúcar! ¡Vivan las instituciones!

Lucas sacó el papel doblado del bolsillo de su pantalón, y extendiéndolo con su mano hacia adelante, preguntó:

—¿Quién desea leerlo?

—¡Moi! —contestó enérgico el gran azucarero monsieur Hileret.

Lucas se lo entregó, fue hacia una mesa solitaria en el final del salón y pidió una botella de ron. Su suerte dependía de ese telegrama. Una derrota de ella, lo acercaría a él de manera inevitable. Una victoria la volvería a alejar, y esta vez para siempre. Sólo que Lucas necesitaba una parte de cada una de las dos alternativas. La victoria de ella y el retorno de esa mujer a aquel quillango bajo su cuerpo. De pronto recordó una frase que lo perforó. Sintió como un dolor de úlcera. Fue un instante. La heterodoxia y el genio del general pesaban más que el "nosotros" y eso la salvaría. Pero nunca había definido bien al "nosotros". ¿Y si fuera el nosotros los hombres? El peso sería descomunal, arrasaría con todo lo demás. No, imposible, no estaba en juego el poder de los hombres, ella ni siquiera se había propuesto arrebatárselos. Pero el viejo estaba entre una mujer y los hombres. Él era los hombres, era el orgullo del poder, y si reconocía la razón de ella, los otros podrían decir de él que estaba reblandecido. Un viejo impotente sólo puede dar la razón a las mujeres. Pero si se la quitaba a ella, es porque seguía al frente, es decir con el miembro preparado para el asalto. Y el viejo estaba encadenado a la fuente de su juventud. Era ahora el único motor de su poder. No era libre para ser joven, pero sí lo era para buscar un culpable de su vejez. Lucas se tomó de la cabeza mientras el francés se colocaba el monóculo. Recordó instantáneamente una antigua pesadilla, una horca, hombres del Klan cubiertos con capuchas blancas y el "gran brujo" esperando dar la señal para la muerte de la negra. Lucas se acercaba para arrancar su máscara, entonces aparecía una barba vieja, irreconocible, de pelos gruesos como los de un cepillo de alambre, ¡la barba del general! El viejo necesitaba aplastarla para salvarse.

—¡No! —gritó Lucas todavía con las manos en la cabeza.

Todo el salón lo miró asombrado.

—¡No, qué? —preguntó monsieur Hileret— ¿Acaso usted ya lo leyó? No creo, el telegrama está lacrado...

Lucas quedó como aplastado. Monsieur Hileret desenvolvió el telegrama y leyó:

Le haría mirar hacia el Oriente, porque esa es la orientación que se da a los monumentos cristianos, y tratándose de la libertad, ella debe mirar hacia el sol naciente. Bartolomé Mitre.

El salón se cubrió de estruendosos aplausos. Una mesa de "jubileos" se puso de pie mientras aplaudía, la siguió dos de "abstencionistas" con las palmas ya rojas del esfuerzo, finalmente se pararon los "dignos" en igual gesto. Lucas bajó la cabeza, la apoyó sobre el mantel de la mesa, y con su mano izquierda rompió la copa de cristal llena de ron. Una fragancia a buen alcohol lo inundó en medio de los aplausos. Se levantó y dirigió al W.C. con un esfuerzo dolorosísimo. Lavo su cara y las manos cubiertas de alcohol. Se miró al espejo. Tenía que recuperarse. Ahora ella vendría hacia él. Era una advertencia descomunal, como una catástrofe de la naturaleza. Con la libertad no se juega. Ella debía comprender que en su camino del arte acababa de levantarse la muralla china más inédita, formidable e inesperada. Si el general, su amigo, confidente y protector la molía, la molerían todos. Tenía que comprenderlo. Si no él le retorcería un brazo gritándole hasta que lo entendiese. Los caminos se habían cerrado. No había más futuro para la libertad.

Los aplausos cesaron tras la puerta del baño. Lucas se incorporó, y arrastrando los pies, con la cabellera mojada salió otra vez al salón. El doctor Ernesto había pedido la palabra.

—Por favor señores, llamemos a la señorita Mora para hacerle conocer el fallo del arbitraje.

Un mozo salió corriendo a buscarla y volvió con ella a los diez minutos. Lucas retornó a su mesa limpiada ya por un maitre. En su lugar colocaron otra copa de cristal. La vio entrar otra vez de espaldas. Se paró frente al doctor Ernesto, y éste leyó sereno, con una puntuación magistral, las palabras del telegrama.

—Ahora señorita —prosiguió— deberá respetar el arbitraje nacido en aquel acuerdo de caballeros.

Ella pareció no sorprenderse demasiado, y casi instantáneamente contestó:

—Estimado Doctor, como no soy un caballero sino una dama, no estoy obligada a cumplirlo. La Libertad seguirá mirando a los cerros.

XXII

Querido:

Tu Fuente debía estar ubicada en Plaza de Mayo. Pero entonces tuve que oír la gritería de las sociedades morales y de sus ecúmenes, el doctor Ernesto que tú ya conoces entre ellos. Proclamaron que la Catedral no soportaría a estos primeros desnudos colocados frente a ella. No lo soportaría la fe, pero no me preguntaron sobre la mía, y decidieron. Condenaron a la fuente al suburbio de Mataderos; el intendente respondió que un poquito más acá sería suficiente, y los hombres de vida nocturna de la Nación atestiguaron que con Parque Colón se equilibraban las pugnas. ¡Estoy tan contenta! Tengo una fotografía que me gustaría enseñarte. Me veo sentada en un salón de madera y espejos, en un gran banquete que me prodigó el Club del Progreso para la inauguración de Tu Fuente. Hay catorce hombres de bigotes alrededor mío y ninguna mujer. Me homenajeaban, pero me interesaba saber qué estarían pensando esos hombres de mí en ese momento. Por pura curiosidad. ¿Tú qué crees? ¿Qué pensabas de mí cuando rompiste la fotografía? Allí estoy, sola y creo que hermosa. Había un ramo de flores en el centro de la mesa. Me paré y saqué una rosa. El caballero de al lado me dijo: "¿Se la coloco?". Me puso la flor en el pecho, apretándome su mano provocativamente. "Gracias", le dije sonriendo, "¿quiere que le coloque una de la misma forma?". Tu Fuente era mi pecado; ya ves qué extraña es la vida. Cuando el griterío descendió, ahora, los mismos discuten la paternidad de la obra. No es mía, dice el joven profesor Pagano, sino de mis buenos ayudantes. Puede que tenga razón, mis buenos ayudantes también son mi obra. Pero todo eso fue el año pasado, es decir hace un siglo. Quiero mirar hacia adelante, y allí vuelvo a ver tu perfil. A verme el día que partí. La tarde anterior me enteraba por el diario de la fecha de tu casamiento. ¿Por qué por el diario si yo seguía esperando a que reapareciera tu inspiración poética? Y fuiste absolutamente sincero. La inspiración no volvió a aparecer jamás, y en consecuencia no podías volver a mí. Ahora estoy segura —aunque sea doloroso decírtelo— que no has escrito una sola palabra más desde tu corazón. Dicen que eso causa un dolor, como si se te cerrara el pecho. Se juntan los cadáveres, los árboles secos, las palabras no pronunciadas, la risa perdida, las canciones desentonadas y se pudre todo, se hincha y no hay tórax que pueda soportarlo. Ya ves, soy muy necia, digo las cosas para vivir más años, porque amo la vida, y porque me gusta reír abriendo la boca como una foca.

Pero no importa, allí en el Paseo Colón está Tu Fuente y estoy yo, y estamos juntos bajo el mar. Sólo allí podré ser tuya, y en todas las rimas que hablen de labios y de lenguas. En todas las rimas que jamás escribirás. Por favor, ámame siempre. Dolores.

XXIII

Lucas abandonó el salón seguido de su amigo, el joven ácrata.

—¡Observa su estilo Lucas! —pronunció casi gritándole al oído mientras cruzaban la calle—. Un tipo como el general, de religiosidad difusa, no muy bien visto por la Iglesia, nos da un ejemplo, la solución que nadie había sospechado. ¡Ni el propio Ernesto! Los monumentos cristianos miran hacia el Oriente. ¡Es un genio! ¡Un prestidigitador! Un tipo que no ha envejecido, para él los años restan. ¡Un hombre Lucas! ¡Un macho de dos grandes huevos!

Lucas dio un giro de media vuelta a su cuerpo, y sacó violentamente su brazo derecho. El puño estalló en la cara del joven, y el impulso lo lanzó unos metros hasta un pequeño cantero cubiertos de flores. Lucas ni siquiera se detuvo a ver cómo había caído, siguió caminando hacia su casa.

Acababa de salir el diario. Los canillitas pasaban junto a él voceándolo. Se sentó en su sillón frente a la ventana, y lo abrió mecánicamente por cualquier parte. Leyó "Lola Mora". Se fijó cansinamente otra vez:

"Si el General Mitre, a quien mucho estimo y respeto, es una autoridad como historiador, yo también creo, tener derecho a opinar como artista, desde que en este caso se trata de una cuestión de arte".

Ella ya conocía, quizá desde el día anterior el fallo. El general debió mandarle antes que a nadie el resultado. Era su estilo, pensó Lucas. A los ochenta y tres años seguía obrando como un caballero en posesión de la libertad. "El estilo de la sociedad", pronunció en voz alta Lucas mirando hacia la ventana. Por la noche ella habría escrito la carta al Director, y a la mañana la entregaba a la redacción. No informó a nadie. Libraba una guerra absolutamente solitaria, sin una línea de defensa a sus espaldas. Ganaba batallas parciales, pero la guerra estaba perdida de antemano. Entonces Lucas recordó que a la salida del Club, después del golpe, vio a la Libertad sin andamios, sin lonas. Se levantó y casi corrió hasta las plaza. La luna iluminaba pálidamente a esa mujer mirando hacia los cerros negros atestados de luciérnagas y pumas. La luna le moldeaba los pechos, y la espalda parecía más firme, más dulce.

Esta mañana, ella entregó la carta a la redacción y antes que todos conocieran el resultado del arbitraje, reunió a sus ayudantes y ordenó retirar los andamios y las lonas. Nadie se dio cuenta de que la obra estaba terminada. Es que ya nadie pensaba en una estatua, sino en la definición de una guerra: un general contra una artista. Sólo que ahora ningún telegrama podía ya cambiar la obra consumada...

Lucas regresó a su casa después de un largo rodeo en que, no supo cómo, se perdió. Los lugares más ordinarios le resultaban desconocidos. Preguntó a un transeúnte dónde estaba la casa del propietario del ingenio... Ella había ganado. Pero el mármol la arrastraría ahora más lejos, como un torrente de la montaña hacia abajo, a otra parte, quizá a un río pantanoso, a un lago estancado cubierto de lotos florecidos en blanco y rosa. La arrastraba lejos de él. Lucas se daba cuenta de lo increíble del caso. El general perdía una batalla con toda la artillería en sus manos. Caía derrotado por desobediencia, se quebraba la estructura del ordeno y mando de la primer institución de la patria. Si una mujer le desobedecía, es que estaba viejo, reblandecido, es decir no podría estar al frente de nadie. Cuando le llevasen la noticia, el general sonreiría en público, se encerraría luego en su biblioteca, y daría un alarido descomunal, como un toro gigantesco que acaba de ser castrado para convertirlo en buey. "El general macho acaba de morir", diría su ayudante. Quizá agonizara dos o tres años más pero él haría su velatorio público ese día. Lucas calculó que esta mujer ahora estaba sentenciada. No se lo perdonarían. Para ella no habría indulto ni amnistía, ni exilio, quite de galones, pase a retiro, absolución. Estaba condenada a pelear y cubrirse de heridas. Lucas se horrorizó de la idea. Estaba sentenciada a sufrir y seguir viviendo.

Entonces se acercó su cochero y le alcanzó una esquela.

Querido:

Creo que los hombres no están preparados para la libertad. Parto mañana en el tren de las cinco de la tarde. Me gustaría que por lo menos alguien fuera a despedirme. Me gustaría verte al menos la última vez. Quiéreme siempre. Dolores.

XXIV

Por primera vez en su vida, Lucas permaneció toda una larga noche sentado frente a una ventana. Tampoco tomó una sola copa. Miraba las estrellas y la luna, que iluminaba a los grandes tarcos. ¿Ella lo necesitaba? ¿Qué era él? ¿En qué lo habían convertido? A las seis, su mucama india comenzó a cebarle en el mate de plata. Ella se iría en el tren de las cinco de la tarde.

—¿La señora?

—Duerme señor.

Pasó una larga mañana. No veía las cosas, como si el sol hubiese descendido y dejara la atmósfera blanca, incandescente. Sólo sentía en los músculos el paso interminable del tiempo. Al mediodía se sentó a la mesa del comedor, pero no pudo probar más que un cucharón de sopa.

—¿Vas a ser otra vez diputado? Apareció tu nombre en el diario junto a la lista de candidatos —dijo su esposa.

—Si.

—¿Por qué te esfuerzas, no necesitas acaso unas vacaciones?

—El ingenio tiene que estar... El administrador no quiso, dijo que en ese caso tendría que abandonar demasiado la fábrica.

Ella no volvería. Él tenía que tomar una de dos posibles actitudes. Llegar a la estación, subir al tren e irse con esa mujer; o simplemente no ir. En sus manos, nada más que entre sus manos estaba la posibilidad de elección. Él tenía la libertad absoluta, el poder absoluto de decisión. El combate entre los dos ejércitos transcurrió en su cabeza durante toda la larga noche, y ahora frente al plato de porcelana con sopa. Estaba agotado, pero todavía combatía.

A las tres de la tarde su mucama le alcanzó un tazón de café a la turca. Abrió un armario y sacó una botella de ron apenas empezada, se acercó a la ventana y vio al viejo arpista. Tomó largamente de la botella, no supo cuánto, mientras oía la música que llegaba desde afuera. De pronto se paró, se acercó al gran portal de madera del comedor y lo abrazó. Lo abrazó como si fuera una mujer. O como si fuera un hijo. Apoyó la frente en esa noble madera y se lo vio de espaldas, con los brazos en cruz aferrado a los cantos del portal. Todo su cuerpo se agitaba. Como si emergiera rápidamente sin aire, desde el fondo del mar a la superficie, y volviera a sumergirse un segundo después. Eran como convulsiones, como si le hubiese entrado la gota de aire. Su frente se separaba de la madera para volver a chocar levemente con ella en una serie de pequeños y rápidos golpes. Entonces su reloj carillón dio una, dos... cinco campanadas. Su cuerpo siguió agitándose unos minutos más, luego giró la cabeza y vio otra vez la ventana. El aire era azul, diáfano. El vidrio limpio, pulcramente mostraba el grabado de las iniciales de su ingenio en el ángulo inferior izquierdo.

XXV

El reportero de "El Orden" estaba libre esa tarde, y fue a la estación. A las cinco menos diez la artista Lola Mora subía apresuradamente al tren, entraba al coche dormitorio y abría la ventanilla. El periodista la reconoció enseguida, cuando la vio con la cabeza afuera mirando hacia la entrada de la estación. Se sonreía.

—¡De qué se ríe señorita Mora!

Ella no contestó. El volvió a insistir. El gesto se hacía cada vez más amplio.

—¡¿De qué se ríe?!

—Estoy mirando a la Libertad, a mi estatua.

—¡Pero si de aquí no se la ve!

—¿Usted cree? Se la puede ver desde cualquier ángulo...

El tren comenzó su marcha. El periodista caminaba a grandes pasos siguiendo a la ventanilla por donde se asomaba la mujer.

—¡Su libertad causó sus buenos trastornos! —gritó él entre la gente que se despedía.

Ella empezó a reirse, mientras lo miraba agradecida.

—Si, tiene razón.

—¡De qué se ríe señorita! —gritó él casi corriendo.

—¡La felicidad...!

—¡¿La felicidad qué...?! —alcanzó a gritar pero sin poder oirla por el traqueteo de los vagones....

—...es una virtud.

XXVI

Una hora después Lucas se sentó en su escritorio y escribió sobre un papel. La botella de ron estaba vacía.

Cuando acabó de escribir, estuvo seguro de que era lo más importante que había hecho o haría en su vida. Se paró, miró la botella vacía y caminó los trescientos metros que lo separaban hasta la redacción del diario. Sentía como si llevara en el bolsillo un soneto perfecto, polifónico, inmortal. Fue como un sentimiento que venía de lejos, quizá de cuando hacía siglos llevaba a esta misma redacción rimas ofrecidas a esa "ella" anónima y firmadas con sus iniciales. Encontró al director en su despacho, y le extendió el papel.

—Don León, publíquelo en el diario de mañana. Se lo agradezco —dijo y se fue.

Don León Rosenvald tomó el papel y leyó:

Nos quedamos con una sombra, con las cadenas rotas en las muñecas de una sombra. Ninguna sombra tiene importancia. Pero el cuerpo que la proyectó acaba de partir. Vendrán otros tiempos, y otras generaciones pasarán junto a estos mármoles sin verlos. Nadie se detiene en las sombras ni tiene porqué hacerlo. Sólo que nadie se percató que hoy, la libertad se nos fue en el tren de las cinco de la tarde.

El Director vio que en el suelto de Lucas, éste firmaba por primera vez con su nombre y apellido. Pensó un rato, y concluyó que esta nota comprometía la estabilidad familiar y los bienes de su amigo. Arrugó el papel con rapidez hasta convertirlo en un pequeño bollo, y lo arrojó a un canasto de bronce.

Índice

I 5
II 13
III 19
IV 23
V 30
VI 33
VII 38
VIII 43
IX 49
X 55
XI 58
XII 64
XIII 69
XIV 72
XV 75
XVI 83
XVII 87
XVIII 90
XIX 95
XX 102
XXI 104
XXII 109
XXIII 111
XXIV 114
XXV 116
XXVI 118

www.ingramcontent.com/pod-product-compliance
Lightning Source LLC
LaVergne TN
LVHW090050160826
845672LV00015B/1633

* 9 7 8 9 8 7 4 8 8 9 8 4 3 *